Le voyage de Fulmir

Fulmir

THOMAS LAVACHERY

LE VOYAGE DE FULMIR

l'école des loisirs
11, rue de Sèvres, Paris 6e

Loi n° 49.956 du 16 juillet 1949 sur les publications
destinées à la jeunesse : septembre 2019
Dépôt légal : septembre 2019
Imprimé en France par Clerc
à Saint-Amand-Montrond

ISBN 978-2-211-30117-6

Pour Nadine Valentin

Royaume de Welfriche
Saint-Lys
Montagnes Sourdes
Forêt Sans Nom
Voie antique
Thiry
Rudamar
Pont-Chalusse
Turajel
Duché Jaune
Duché rouge
Lac Sucré
Lhomeau
Corbie
Celestat
Retel
Sarapah
Pont-Chartres
Duché Noir
Forêt de Cléri
Comté de Galfe
Chériche
Foisc
Saint-Noyan
Sance
Campaniole

1

LE CHIEN

Le bruit d'une cavalcade tira Fulmir de ses rêves. Il quitta le chemin et entra dans le premier fourré en contrebas, où il s'accroupit. Un chien reposait dans la pénombre, haletant, un œil fermé, l'autre non. Fulmir devina plus qu'il ne vit le poil souillé au niveau de la cuisse : l'animal était blessé.

Les soldats passèrent à fond de train, une vingtaine d'hommes du duché Noir. En route vers le château de Sance, probablement. Fulmir haussa les épaules, un geste habituel chez lui, et qui pouvait signifier pas mal de choses. Il méprisait la guerre, cela est sûr, même s'il l'avait connue de près.

Il s'extirpa du buisson en grimaçant car ses vieux os le faisaient souffrir. Le ciel bas annonçait la pluie. Fulmir se rajusta, s'épousseta, et s'apprêta à reprendre la route. Une plainte l'arrêta net. Le chien…

« Non, pensa-t-il. Je ne vais point me mettre ça sur le dos. Le temps est fini où je… Non, non, non ! »

Il s'élança, bien décidé à laisser le blessé à son sort. Mais quand celui-ci pleura à nouveau, le nain Fulmir ressentit une pression au niveau du cœur. Pestant contre lui-même, il rebroussa chemin. Le chien l'accueillit en agitant la queue. Fulmir le caressa d'une main experte – il avait eu des dizaines d'animaux dans sa longue vie –, lui donna à boire à la gourde et entreprit de nettoyer la plaie, un coup de fourche assez profond.

– Comment t'appelles-tu ? Qui t'a percé de la sorte, petit tonneau ?

Le chien, pansu, aux pattes boudinées, méritait ce surnom. Les animaux bien nourris étaient rares en ces temps troublés où la famine menaçait.

Fulmir appliqua un baume sur la blessure, puis il enserra la cuisse dodue et frémissante dans un bandage.

– Bois encore un coup. Bien... Je vais te laisser une galette... deux ! Repose-toi jusqu'à la nuit. La nuit, tu comprends ? Ensuite rentre chez toi, chez ces bons maîtres qui t'engraissent... s'ils vivent toujours.

Fulmir regretta ces dernières paroles. Il sourit bêtement et, sans un mot de plus, remonta sur le chemin.

Les nuages avaient migré au nord : il ne pleuvrait pas, tout compte fait. Le nain haussa les épaules au spectacle du soleil revenu et se mit en marche.

Son bâton de pèlerin frappait le sol avec régularité : tap… tap… tap…

« Il ne pleure plus, songea-t-il, soulagé. Brave animal. Il y a plus de courage dans la queue d'un chien que dans le cœur de trois humains. »

Il augmentait son allure par degrés, curieux d'évaluer l'état de ses jambes et du reste. Le souffle était bon, et les douleurs osseuses diminuaient déjà. Un son léger, un râle, lui fit alors tourner la tête.

Le chien était là, sur le chemin, clopinant à trente pas derrière Fulmir, qui fut pris d'une rage soudaine et se mit à rugir :

– Va-t'en ! Hough ! Je ne veux personne avec moi, personne ! Je dois être seul, par Dieu ! Hough ! Brrrr ! Houou !

Il ramassa un caillou, le brandit.

Le chien, la tête baissée, avançait toujours. Il comprenait la menace mais préférait l'ignorer.

– Tu l'auras voulu !... Personne avec moi dans ce voyage...

Et Fulmir fils de Kernagon lança la pierre.

2

LA PASSEUSE

Le caillou avait atterri deux bons pas derrière le chien. Le manque de précision n'était pas en cause : Fulmir avait raté son tir exprès. Depuis, l'animal le suivait sans le quitter des yeux. Ils étaient parvenus au bord d'une large rivière qui traversait le comté d'ouest en est. Fulmir eut l'idée de se pencher et de se mirer dans l'eau grise. Cela faisait des mois, des années peut-être, qu'il n'avait plus contemplé son visage barbu. Il se trouva étrangement pareil à ses souvenirs, point trop vieilli, un constat qui n'éveilla en lui aucune satisfaction – au contraire.

Fulmir haussa les épaules avant de se diriger vers le piquet des passeurs. Une trompe y pendait, dans laquelle il souffla à toute force.

Il attendit en grignotant un pain de seigle, dont le chien eut sa part. Fulmir ferma les yeux et écouta son cœur battre dans ses tempes. La fatigue brouillait quelque peu sa vision. Il se déplaça à quatre pattes – surprise du chien – jusqu'à un tronc, où il s'adossa. Le sommeil le cueillit presque aussitôt.

C'est Fabrisse, la passeuse, qui le réveilla d'un sifflement.

– Dans cette grisaille, figé tel un mort, tu ressembles à une statue de pierre, maître nain… Tu as un chien, à c't'heure ?

– Il n'est pas à moi.

– Cornedieu, ce qu'il est gras ! J'en ai l'eau à la bouche.

Fabrisse, vingt ans, les cheveux filasse, était

maigre comme la plupart des habitants du royaume de Campanide. Elle arrima sa barque plate, sauta sur la berge et disparut dans un fourré pour satisfaire un besoin pressant.

Elle revint, une fleur à l'oreille, et s'assit sur un tronc moussu. Fulmir la rejoignit, sa gourde à la main.

– Bière au miel, annonça-t-il.

Fabrisse en prit deux gorgées, pas une de plus, car la politesse de ce temps le voulait ainsi.

– Alors, comme ça, tu t'en vas mourir.

– Qui te l'a dit ? s'enquit Fulmir.

– Le colporteur.

– Raymond ?

Fabrisse acquiesça.

– J'ai maintes fois entendu cette histoire du cimetière des nains, où vous allez mourir lorsque votre heure est venue, dit-elle. Je croyais à une fable.

– Eh bien, non.

Un poisson sauta hors de l'eau.

– Tu m'as l'air bien portant. La mine fleurie, l'œil brillant. Un vieux très gaillard, par le Christ !

– Et pourtant ma fin est proche, assura Fulmir.

– Comment le sais-tu ?

– La fatigue.

– Tout le monde fatigue, l'âge venant. On peine aux travaux, on souffre des jointures, on s'essouffle… Mais la mort attend parfois des années avant de frapper à la porte.

– Je ne parle pas du corps, pas seulement. La lassitude est dans mon âme. Une voix parle au-dedans de moi, qui me dit : « Il est temps de te coucher dans ta tombe, Fulmir. »

– Je te regretterai.

Ils se levèrent ensemble. La barque dansait sur l'eau, entourée d'alvins. Un vent tiède et fétide arrivait de la rivière.

Fabrisse sauta lestement dans l'embarcation. Fulmir défit l'amarre avec aisance – il avait été marin autrefois – et suivit le même chemin que la jeune femme. Le chien, resté sur le bord, se mit à aboyer.

La barque dérivait, Fabrisse n'ayant pas encore empoigné ses rames.

– Alors, tu le laisses…

Fulmir se contenta d'un grognement.

– Pauvre bête. Tu pourrais…

– Non, dit Fulmir. Je ne veux personne avec…

Il s'interrompit. La position de la barque,

parallèle à la berge, fit qu'ils le virent tous les deux au même instant. Un cadavre flottant au fil de l'eau... Le spectacle n'avait rien d'extraordinaire, il appelait néanmoins le silence.

Un affrontement avait eu lieu dans les environs, entre le parti Noir et le parti Jaune. Ce mort-là appartenait à Michel de Palissoles, le duc Jaune.

Destin fauché, gaspillage de sang jeune... La bataille remontait à une semaine, d'après ce que savait Fulmir.

« Le corps a dû être retenu quelques jours dans les branches, se dit-il, sans quoi il serait déjà loin. »

Un plouf retentissant le tira de sa méditation : le chien avait plongé.

3

DANS LA FORÊT

Il avait dit adieu à Fabrisse et repris la route. Un crapaud traversait le chemin, ses œufs entortillés autour des pattes. Le chien n'y prêta pas attention. Trempé, le nez en l'air, il ne voyait que Fulmir.

Ils entrèrent dans la forêt au moment où les églises sonnaient les vêpres. Le chien n'était pas rassuré. La pénombre, le silence soudain, la présence écrasante des arbres géants, tout cela augmentait sa nervosité. Il avançait tassé sur lui-même, la tête basse.

Le bruit du bâton résonnait d'une autre manière, ici, sous la voûte des arbres : toup… toup… toup… En quelque cent soixante ans d'existence, Fulmir avait eu plusieurs vies, exercé bien des métiers. Certains de ses plus chers souvenirs remontaient à ses années passées dans cette même forêt de Cléri. Il avait été bûcheron, allant la hache sur le cou, arracheur d'écorce, charbonnier… Au début, il avait dormi dans des camps, partagé des feux, puis, devenu un véritable nain des bois, il s'était installé seul dans une maison de chaume. Cette période avait été celle de ses réflexions sur lui-même, sur ce qu'il était : un nain.

En butte au mépris des hommes depuis l'enfance, il s'était longtemps montré timide et docile. Les vexations subies lui semblaient normales, presque méritées. La vie d'ermite avait changé son point de vue et affermi son cœur. Il s'était mille fois répété ce discours : « Dieu m'a fait, je suis sa créature. Il m'aime donc, et je m'aimerai aussi. Gare à l'humain, seigneur ou manant, qui me regardera de haut ! »

Depuis lors, il n'avait plus jamais courbé l'échine. Les moqueries, les insultes, il les avait combattues avec fermeté, n'hésitant pas à jouer des poings à l'occasion. Les gens avaient appris à le respecter. Edmond le Colosse, Arnaud Poncet... les plus méchants bougres avaient plié devant Fulmir.

Le lendemain, vers le soir, ils parvinrent aux abords de Chériche, un village forestier grouillant de monde. Fulmir y avait des connaissances et une auberge attitrée, où l'on buvait de l'excellente bière, où l'on faisait bonne chère. Il choisit de contourner le village. Un nain qui marche vers sa mort ne se soucie plus de bien manger. Que lui importent les conversations, le choc des cornes à boire ? Il est déjà sorti de cette vie.

Il se contenta de pain noir et de châtaignes. Le chien déterra un os, dont il fit son repas.

Une musique et des chants leur parvenaient du village. Il fallait l'ouïe d'un chien, l'excellente oreille d'un nain pour les entendre.

Fulmir s'allongea sur une jonchée de fougères. Il pouvait contempler une étoile, une seule, par une trouée ovale. Le chien approcha avec prudence, tourna plusieurs fois sur lui-même avant de se laisser choir tout contre son nouveau maître. Fulmir leva la main pour le repousser, mais n'en fit rien. Leurs ronflements ne tardèrent pas à se mêler.

Levés à l'aurore, ils poursuivirent le voyage sur le chemin tracé au cordeau. Il faudrait bientôt le quitter pour trouver une rivière où pêcher et remplir la gourde. Fulmir se sentait gaillard, ses poumons aspiraient l'air avec gourmandise. Ses foulées s'allongeaient, et il n'avait mal nulle part, pour l'instant. Cette impression de rajeunir le troubla.

« Il ne s'agirait pas d'arriver au cimetière en grande forme. L'air forestier et la marche réveillent mon sang… misère! Ralentissons l'allure, respirons à petites bouffées, tel un vieillard. C'est bien ce que je suis, par Dieu, un nain finissant, un mourant debout. »

Le chien avait pris de l'avance. Il aboya en avisant un groupe immobile. Un chevalier et son écuyer se tenaient en haut d'une butte, assis sur une étoffe brodée, l'air de s'ennuyer. Pas loin, deux jeunes gens en haillons, liés l'un à l'autre, les pieds entravés, chuchotaient en regardant du côté des chevaux, trois bêtes de belle apparence.

L'intention de Fulmir était de passer son chemin sans poser de questions. Un salut au jeune seigneur, rien de plus : les affaires de ces quatre-là ne le regardaient pas.

Il inclina la tête avec déférence, força légèrement le pas, toup, toup, toup, toup… Un regard de côté en direction des prisonniers lui serra le cœur. Ils avaient douze ou treize ans, les joues creuses, les yeux fiévreux.

Fulmir avança un peu encore en pestant contre lui-même. Il devait savoir, c'était plus fort que lui. Après un soupir, un haussement d'épaules, il revint sur ses pas pour parler au chevalier.

4

LE COMBAT

– Je te salue, ô seigneur ! dit Fulmir d'une voix neutre (la déférence était dans les mots, nullement dans le ton). Puis-je savoir ce qu'on reproche à ces enfants ?

Au regard du chevalier, Fulmir sut qu'il avait affaire à un ennemi des nains. Il s'attendit à être mal reçu, aussi prit-il l'attitude tranquille de celui qui ne s'en laisse pas conter.

L'écuyer jeta un œil à son maître, qui parla d'un ton sec :

– Ils ont volé ce cheval blanc. J'ai fait quérir

le bayle pour qu'il prononce la sentence. Ensuite ils seront pendus ici même.

– Nous n'avons rien volé ! s'écria la jeune prisonnière.

– Le cheval errait dans les bois, assura le garçon.

– La bête est marquée, elle appartient à un homme noble. Ils n'avaient pas le droit de l'approcher, encore moins de monter dessus, dit le chevalier, s'adressant à Fulmir. Ils sont coupables.

– Nous le conduisions au village...

– La belle fable, intervint l'écuyer. Vous alliez vers le nord.

– Il y a beaucoup de montures orphelines à cause de la guerre, observa Fulmir. S'en servir n'est pas un grand crime.

– La loi est la loi, dit le chevalier en secouant sa chevelure blonde. Leur sort est scellé et tu ferais mieux de filer, nain.

– Nain ! proféra l'écuyer assez comiquement.

Fulmir ne bougea pas. Ses jambes courtes et musclées semblaient avoir pris racine. Un rossignol chanta.

Les prisonniers s'étaient remis à chuchoter. Le chevalier déplia son long corps et sauta en bas du talus pour venir toiser Fulmir.

– Pars, si tu ne veux pas accompagner les voleurs dans l'autre monde. Je n'ai jamais vu un nain se balancer au bout d'une corde. Ma foi, le spectacle me réjouirait.

– Nain ! siffla l'écuyer sur la butte.

– Libère ces enfants, seigneur. Dieu s'en souviendra au jour du Jugement. Sois bon pour ces petits, leur mort serait…

Pendant que Fulmir cherchait le terme approprié, le chevalier recula d'un pas. Il sortit son épée, la leva pour frapper. Déjà, la lame descendait vers le cou noueux de Fulmir.

Les réflexes oubliés, la science guerrière endormie… toute son expérience lui revint en un instant. Fulmir esquiva, la pointe de son bâton toucha successivement le ventre et la poitrine du chevalier, qui en eut le souffle coupé. Un troisième coup lui écrasa l'œil. Il n'eut pas le temps de crier sa douleur, car Fulmir acheva son œuvre en l'assommant.

Debout et vacillant, l'écuyer n'en revenait pas. Les prisonniers n'étaient pas moins stupéfaits. Une telle fulgurance tenait du prodige.

– Wouh ! fit le chien. Wouh ! Wouh !

Fulmir se pencha sur le chevalier, qui gisait les bras en croix. Tunique de cuir, pantalon ample en belle étoffe, ceinture et éperons d'argent… sa victime n'était pas le premier venu. L'avait-il tué ?

« J'y ai été fort, songea-t-il. Le manque de pratique… J'ai perdu la mesure de mes coups. »

Un bruit de galop lui fit tourner la tête. L'écuyer prenait le large, sans doute pour aller chercher du renfort.

« Le lâche », pensa Fulmir avec une grimace.

– Wouh ! Wouh ! Wouh ! Wouh !

– Qu'allez-vous faire de nous ? demandèrent les prisonniers d'une seule voix.

– Sotte question. Pourquoi aurai-je rossé ce gentilhomme, d'après vous ?

– Pour nous sauver, répondit la fille.

– Pour nous sauver, répéta le garçon.

– Je suis votre providence, soupira Fulmir.

5

GIL DE FOIX

Les prisonniers se présentèrent. Le garçon se prénommait Pierre, la fille, Brune. Ils venaient de Celestat, un village situé dans l'angle nord-est du comté et qui avait brûlé l'autre semaine.

Fulmir sortit son poignard afin de trancher leurs liens. Tandis qu'il opérait, les enfants l'observaient avec déférence.

– C'est la deuxième fois seulement que je rencontre un nain véritable, confia Brune. Vous êtes un nain de race, n'est-ce pas ?... L'autre, je l'ai vu à Retel, au marché. J'étais petite.

– Il devait s'agir d'Houlgoumon, dit Fulmir.

–Vous vous connaissez tous ? s'étonna Pierre.

– Nous ne sommes plus que onze en ce royaume. Bientôt, nous aurons disparu.

– Pourquoi ?

– Les peuples sont comme les individus, ils n'ont qu'un temps sur cette terre. Le peuple nain arrive au bout du sien par la volonté de Dieu.

Le chien poussait des aboiements rauques, s'interrompant de temps à autre pour mordiller son bandage.

– Il ne faut pas moisir ici, grogna Fulmir.

Les enfants se massaient les chevilles. Ils se levèrent d'un même mouvement et firent bouger leurs membres endoloris.

– Le chevalier est-il mort ? s'enquit Pierre.

– Il vit, répondit Fulmir.

– Le connais-tu ?

Fulmir haussa les épaules.

– C'est Gil de Foix, le fils du comte.

Le comte de Foix était un seigneur puissant,

réputé mauvais. On le surnommait « la Ciguë », car il avait pour habitude d'empoisonner ses ennemis.

– Me voilà dans de beaux draps, dit Fulmir sur un ton détaché.

Il n'était plus question d'emprunter le chemin, aussi entrèrent-ils dans les fourrés. À cette époque, la forêt de Cléri était un chaos d'arbres vivants et morts, un monde

inextricable où peu d'hommes s'aventuraient. D'étroits sentiers la traversaient, reliant des clairières tapissées de trèfles, rendez-vous des papillons et des mouches vertes.

Le premier souci de Fulmir fut de trouver une rivière et de la traverser, puis d'en trouver une autre et de faire de même. Ainsi les lévriers du bayle perdraient-ils leur trace, au moins momentanément. Il marchait vite, comme un jeune homme. Le chien tenait l'allure en dépit de son embonpoint, de sa blessure, mais les enfants peinaient à suivre.

« Ils sont affamés », réalisa Fulmir, qui leur donna tout ce qu'il lui restait de pain et de galettes.

Pendant que les enfants mangeaient en silence, la salive au coin des lèvres, il cueillait des baies. Le chien profitait de la halte pour se rouler dans les trèfles.

– Comment se nomme-t-il ? demanda Brune.

– Je l'ignore, dit Fulmir de loin.

– Il faudrait le baptiser.

– Je n'en vois guère l'utilité.

– Mais… commença Pierre. Comment fais-tu pour l'appeler ?

– Je ne l'appelle pas. Tenez, avalez ces fruits jusqu'au dernier.

Les abandonner à leur sort, partir de son côté, il y pensait, bien entendu. Quelles chances avaient-ils, ces deux louveteaux ? Le bayle et les soldats de l'ordre, la police du comté, envahiraient bientôt les bois avec leur meute. Ratissage dans les règles, traque implacable. Sans son aide, Pierre et Brune seraient pris avant le soir.

Fulmir se sentait accablé, proche du découragement. Il l'avait imaginé bien différent, ce dernier voyage. Solitude et recueillement, repli progressif de l'âme… il était loin du compte.

– En route, rugit-il, faisant sursauter ses trois compagnons.

6

LES JUMEAUX

Le soleil était déjà haut dans le ciel quand ils entendirent les premiers aboiements. Les enfants tressaillirent, leurs yeux se tournèrent vers Fulmir, qui se fendit d'un sourire. Le bayle était loin encore.

– Il faut sortir d'ici, souffla Pierre. Ces maudits bois… Dans un village, peut-être nous cachera-t-on. Je connais des braves gens à Carbie…

– La forêt est le meilleur refuge, déclara Fulmir.

Il déposa sa besace et s'accroupit au pied d'un châtaignier. Son bras noueux disparut dans un trou entre deux racines. Il fouillait sous l'arbre, tâtonnait à la recherche de… quoi ? Le chien penchait la tête, haletant, les enfants attendaient en se tenant la main.

Fulmir, les lèvres pincées, se dégagea. Dans sa paume reposait un escargot noir de la taille d'un marron. Il saisit une pierre et, sans attendre, écrasa la coquille. Le chien se mit à danser autour de lui, joyeux.

– Approchez.

Les enfants obéirent. Fulmir attrapa Brune par le bras et entreprit de couvrir sa peau de bouillie d'escargot. L'odeur, puissante, rappelait l'humus.

– Il faut en mettre partout : bras, jambes, visage… sur les vêtements aussi. Continue à la frotter, Pierre, je vais trouver d'autres gastours. C'est ainsi qu'on les nomme.

Le garçon prit sa tâche à cœur. Fulmir arriva avec d'autres gastours, et la séance de frottage se poursuivit dans la fièvre. Le chien y passa comme les autres, et se montra docile.

– C'est pour les lévriers, n'est-ce pas ?

– Tout juste, demoiselle Brune. Le gastour sent plus puissamment la forêt que la forêt elle-même, et son odeur tue toutes les autres.

Ayant dit, Fulmir se mit à courir. Les enfants et le chien lui emboîtèrent le pas, emplis de confiance.

Le chemin que suivait le nain était un mystère complet pour Pierre et Brune. Pourquoi prenait-il soudain à gauche, puis à droite, puis encore à gauche. Il zigzaguait, revenait sur ses pas, s'immobilisait de longs moments… En deux occasions, il avança droit vers les aboiements, comme s'il avait voulu se jeter dans la gueule du loup. Mais le loup – la police du comté – ne croisait jamais leur route. Cette course erratique dura jusqu'au soir. Dans l'obscurité, la fraîcheur montait, bienfaisante. Les enfants et le chien s'écroulèrent avec la permission de Fulmir.

– Où vas-tu ? s'inquiéta Brune.

– Où vas-tu ? répéta Pierre.

– Reposez-vous, fut la réponse.

La silhouette de Fulmir, ombre massive, s'évanouit dans les ténèbres. Il ne faisait pas le moindre bruit.

Le chien piétina Pierre pour venir prendre place entre Brune et lui. Ils retenaient leur souffle. En l'absence du nain, le sentiment de menace enflait d'un coup. Ils n'osaient plus murmurer.

Fulmir revint avec deux truites qu'il avait prises à la main.

– Je vois dans la nuit comme un chat, expliqua-t-il. Nous les mangerons crues, cela va sans dire.

– Oui, fit Pierre. Surtout pas de feu.

– Pas de feu, surtout, dit Brune.

– Êtes-vous frère et sœur ? voulut savoir Fulmir, adossé à un arbre. Je ne vous l'ai pas encore demandé.

Un rayon de lune éclairait le haut de son crâne chauve.

– Nous sommes des jumeaux de parents différents, déclara Brune.

– Tiens donc !

– De parents différents, oui, confirma Pierre. Nous avons toujours été ensemble.

– Depuis l'enfance, inséparables ! gloussa Brune. Si je pense à quelque chose, Pierre y songe aussi.

– Si je tiens un discours, Brune pourrait le dire à ma place, mot pour mot.

– Cent fois par jour, nous parlons d'une même voix. Tu as pu l'observer.

– Nous sommes jumeaux de cœur, conclut Pierre.

Le silence tomba. On n'entendait plus que le bruit des mâchoires.

Des truites, ils ne laissèrent que les squelettes – même les yeux furent dévorés. Les enfants s'endormirent tout poisseux, dans une position inconfortable que Fulmir rectifia en tirant sur leurs jambes. Grâce à sa vision nocturne, il put contempler un instant les « jumeaux » aux membres grêles, aux articulations de chevreau. Des enfants de la guerre et de la disette.

Le lendemain serait rude, et les jours suivants... Le bayle et ses sbires n'étaient pas hommes à renoncer aisément. Pierre et Brune tiendraient-ils le coup ? Fulmir en doutait.

7

LE TROU DU BLAIREAU

Quelqu'un avait allumé un feu dans les environs. Il éveilla les enfants, leur distribua des mûres et des châtaignes, ces dernières trouvées à l'intérieur d'un arbre. Il découpa un jeune brochet attrapé au point du jour. Brune ouvrit la bouche pour parler, il lui fit signe de se taire.

Leur déambulation reprit dans l'immensité sombre de la forêt. Ils foulaient une terre dure et nue, un humus spongieux, des parterres de trèfles, de la roche affleurant sous diverses mousses… Tantôt ils longeaient des crêtes, tantôt ils arpentaient des ravins. Le lit des rivières leur servit souvent de chemin. Dix fois, vingt fois ils entendirent les cris des soldats et des chiens de chasse, mais jamais ils ne croisèrent leur route. Jamais ils ne virent l'éclat d'un casque ou la couleur d'une tunique. Fulmir, toujours calme, aux aguets, semblait infaillible.

Leurs détours infinis les avaient lentement menés dans la partie ouest de Cléri, domaine des chênes gras et des écureuils à queue mince. Fulmir veillait à ce qu'ils s'abreuvent, il leur cueillait des fruits. Une courte halte lui suffisait pour surprendre un poisson dans son trou. Ils mangeaient debout, en marchant. Pierre fut le premier à trébucher. Il tomba à genoux, se releva, mais bientôt il annonça qu'il n'en pouvait plus. Brune ne valait guère mieux. Fulmir les laissa se reposer quelque temps, puis il les força à repartir. Un son de trompe avait retenti, tout proche, et la peur insuffla des forces aux enfants.

Avec la nuit vint le repos. Il les installa sur un tapis de mousse, près d'un ruisselet murmurant. Le chien lapa l'eau en agitant la queue.

« Il tient le coup malgré sa blessure, songea Fulmir, admiratif. Les bêtes se réparent en un tournemain. »

Les enfants s'étaient endormis comme des

masses, et leur respiration sifflante ne disait rien de bon. Ils ne supporteraient pas une autre journée comme celle-là – ils en mourraient, les pauvres.

Dans les derniers mois avant son départ, Fulmir avait connu des périodes d'abattement. Or il venait d'accomplir un effort important, terrible pour un nain de son âge, et il se sentait plein de ressources, l'esprit en éveil. Il s'en alla explorer la nuit en compagnie du chien, infatigable lui aussi. Ils faisaient la paire, tous les deux !

Les terriers qu'il trouva étaient tous habités. Il aurait pu s'imposer, chasser ou tuer la ou les locataires, mais il préféra poursuivre les recherches en dépit de l'heure. L'aube pointait lorsque le chien disparut derrière un rideau de feuilles. C'était l'entrée d'un trou de blaireau vide depuis longtemps.

Fulmir s'employa à agrandir le terrier à coups de poignard, sortant la terre au fur et à mesure et la dispersant alentour. Lui qui ne transpirait jamais se mit à suer à grosses gouttes. Le chien l'aidait à creuser avec une application remarquable.

Ils coururent réveiller les enfants, tâche ardue (ils étaient comme évanouis), les emmenèrent jusqu'au terrier. Fulmir les nourrit à la main, comme on le fait pour des enfantelets, avant de les pousser dans le trou. Ils rampèrent au fond de la cavité et se rendormirent l'un contre l'autre, leurs membres emmêlés. Le chien se coucha près d'eux, satisfait du tour que prenaient les choses.

Fulmir concassa des gastours. Les mains pleines de matière gluante, il frotta l'entrée du terrier et la porte de terre et de branches qui en camouflerait l'entrée. Façonner cette épaisse fermeture lui avait demandé effort et ingéniosité. Il but de l'eau fraîche à longues goulées, respira un grand coup. Un regard circulaire l'amena à réaliser que le terrier se trouvait en bordure d'un vaste espace dégagé, une clairière fleurie d'aspect engageant.

« Trop tard pour changer d'abri », pensa-t-il.

Il agrippa sa besace gonflée de châtaignes, la jeta dans le trou avant de suivre le même chemin avec son bâton. Il ferma l'ouverture soigneusement, bouchant le moindre interstice avec de la terre meuble. Ce travail terminé, il se retrouva dans une obscurité épaisse, impénétrable.

Par bonheur, ses yeux de nain s'habituèrent petit à petit, et il put discerner le contour des corps, percevoir la limite du plafond. Fulmir fils de Kernagon avait bien gagné son repos. Il se laissa couler dans un sommeil sans rêves, dont il fut tiré par des voix et des tintements d'éperons.

8

NI L'ARGENT NI LA TORTURE

Gil de Foix avait perdu son œil gauche. On l'avait transporté au premier étage d'une auberge de Chériche, le village forestier. Un docteur venait le voir plusieurs fois par jour pour veiller à ce que ses instructions fussent scrupuleusement respectées. Fenêtre fermée, peu de lumière, saignées fréquentes, nourriture sèche et vin de sureau, tels étaient les principaux éléments du traitement. Moins jeune et moins vigoureux, le chevalier en serait mort.

Quatre jours après le combat funeste, il demeurait faible, l'esprit confus. Il avait encore de petites pertes de connaissance, dont il sortait nauséeux. Gil émergeait d'une de ces absences quand il reconnut le pas vigoureux de son père dans l'escalier. Son cœur se mit à battre plus vite.

Le comte – cape de velours et chapeau à plumet – entra sans un mot. Il traversa l'espace en deux enjambées, ouvrit la fenêtre et le volet. Derrière lui, le docteur se permit une protestation timide. Il fut renvoyé d'un geste.

Sur un méchant siège, unique mobilier de la chambre, un bol et des compresses jouxtaient des livres de poésie. Le chevalier aimait les rondeaux.

– Tout le royaume sait que mon fils s'est fait bastonner par un nain, dit le comte. On rit dans les châteaux et les villages. Parbleu, Gil, tu me fais honte !

Le chevalier fit un effort pour se redresser.

L'œil qui lui restait n'osait regarder le comte, dont l'ombre inondait le lit.

L'air du dehors commençait à pénétrer la chambre. Gil prit conscience de sa propre odeur, et il en voulut au docteur, aux servantes, d'avoir négligé sa toilette.

– Je suis désolé de vous avoir déçu, père, dit-il. Je m'en veux.

Le comte secoua le siège pour en faire tomber les objets. Il s'assit.

– Ce nain…

– Il était très rapide. J'ai été… Il m'a eu par surprise !

– Il se nomme Fulmir fils de Kernagon. Il y a quelques jours encore, il était le forgeron de Saint-Noyan. Il a offert sa demeure, son atelier et sa pratique à un jeune artisan. Pour rien, en cadeau.

– Fulmir…

– Le bayle Philippus est à ses trousses depuis trois jours. Une centaine d'hommes fouillent la forêt. M'est avis qu'ils ne l'auront pas. Les nains sont à leur affaire, dans les bois. La bête survit en eux. Magie sauvage, camouflage impie… On aurait dû les supprimer depuis longtemps, tous !

Le comte se leva et renifla sa cape aux endroits où l'étoffe avait touché le siège.

– D'après nos renseignements, il s'en va mourir au cimetière secret de son peuple, révéla-t-il. Nous pourrions l'oublier, le laisser disparaître, mais le souvenir de ta honte resterait, rejaillissant sur la famille. C'est pour cela qu'il faut que tu le retrouves et que tu l'étripes. Tu ramèneras sa tête et nous la promènerons partout au bout d'une lance.

– Oui.… Oui, c'est cela ! Père, tu dis vrai… au bout d'une lance, par Dieu !

– Comment comptes-tu le retrouver ?

– J'engagerai les meilleurs limiers, je distribuerai l'or… Son signalement partout ! Des battues, des…

– La guerre fait rage, le chaos s'étend chaque jour davantage. Le risque est grand qu'il t'échappe. Si tu connaissais le lieu de ce cimetière…

– Je pourrais y courir et l'y attendre !

– Certes, mais tu ignores où aller, et aucun humain ne peut t'aider à ce sujet. Quant aux nains, ils sont muets. Ni l'argent ni la torture ne peuvent les décider à parler.

– Permets-moi d'en douter, père.

– Certains ont essayé, car le cimetière – une crypte, paraît-il – regorgerait de richesses. Jamais un nain n'a livré le moindre indice. Ils sont coriaces, têtus, diaboliques.

– Comment faire, alors ? dit le chevalier.

Le désespoir se lisait sur son visage. Pour la première fois, il leva l'œil vers son père.

Le comte de Foix étendit le bras. Au creux de sa main rose et potelée, une fiole lançait des feux noirs.

– Un poison, devina Gil.

– Oui, et d'une sorte particulière. Au lieu de foudroyer la victime, il la tue à petit feu. Il te mènera au cimetière des nains.

9

LA RAGE DE FULMIR

C'était dimanche, aux alentours de vêpres. Trois jours qu'ils se trouvaient dans le terrier. Cinq soldats, dont ils connaissaient à présent les noms, avaient installé un camp devant leur cachette. Des tire-au-flanc censés participer à la traque, et qui passaient leur temps à boire autour d'un feu. Si le bayle les surprenait, il leur en cuirait, pour sûr – mais le seigneur Philippus était sans doute à des lieues d'ici.

La réserve de châtaignes s'épuisait, et Fulmir n'avait plus d'eau dans sa gourde. Pierre et

Brune ne se plaignaient pas, ni le chien. Ils méritaient des éloges. L'immobilité des enfants et leur souffle irrégulier annonçaient un déclin rapide. Ils étaient entrés dans ce trou en état de faiblesse, s'ils n'en sortaient pas bientôt, ils y mourraient. Fulmir avait pris sa décision : ils partiraient à la nuit, à la grâce de Dieu.

L'hydromel alourdissait le sommeil des soldats. Le danger viendrait des lévriers. Fulmir mâcha un peu de terre humide. Il se traîna près des enfants pour tâter leur front moite : peu de fièvre. Le chien, couché en boule, remua la queue. Fulmir retourna se coller à la fermeture. Dehors, ils causaient de lui. C'était la première fois en trois jours, car leurs préoccupations touchaient aux filles et à une certaine auberge louche de la frontière, un paradis, à les entendre.

– Il a deux cents ans, à ce qu'on dit.

– Pourquoi les nains vivent-ils si vieux ? Chierie, c'est injuste !

– À quoi ressemble un nain véritable ?

– Ils ne sont pas grands.

– Merci, Gautier, tu m'es d'une grande aide.

– Je n'en ai vu qu'un seul, pour ma part. Ce Houlgoumon qui habite une masure près de Retel. La barbe lui montait jusqu'aux yeux. Des mains comme des battoirs, une odeur de loup…

– Moi, j'ai croisé une naine en mon enfance, à Lhomeau. J'ai pleuré.

– Et pourquoi donc ?

– La peur, faut croire.

– Leur cimetière caché est rempli d'or et de pierreries. Si nous capturons Fulmir, je propose qu'on lui brûle un peu les pieds pour le faire causer.

– Tu n'en tireras rien.

– Si, oh si !

– Que non ! Les nains ressentent peu la douleur…

– Et ce qu'ils éprouvent de souffrance, ils l'ignorent d'un cœur ferme. Des forts en couilles, les nains !

– Chierie !

La conversation languit avant de reprendre sur d'autres sujets. Fulmir s'assoupit. La gorge lui brûlait, il rêva de torrents et de grosses pluies. À son réveil, le silence régnait au-dehors. Collant l'oreille à la fermeture, il perçut un ronflement régulier et la crécelle d'un grillon nocturne. Il alla réveiller les enfants.

Brune parla à voix haute, dans un demi-délire.

– Chut, fit-il en lui plaquant la main sur la bouche. Nous partons. Ils dorment et nous filons d'ici.

– Tu crois ? souffla Pierre.

– Chut !

Fulmir alla desceller la porte, opération délicate qu'il mena avec son sang-froid habituel. Il poussait, tirait, tapotait ici et là, faisait tourner la plaque dans un sens et puis dans l'autre. Une lumière laiteuse entra dans le terrier, dont il sortit à quatre pattes, suivi du chien. Ses genoux craquèrent quand il se mit debout avec son bâton.

Dans la clairière, il n'y avait qu'un seul corps allongé près d'un feu mourant. Deux lévriers tournaient le dos à Fulmir, luisants comme des cailloux, endormis. Leur odorat aurait dû les alerter, mais l'effet persistant du gastour empêcha que cela n'advienne.

« Les autres sont partis, se réjouit le nain. Merci Dieu ! »

Pierre passa la tête hors du trou. Fulmir l'aida à s'extraire et à se relever. En le prenant par la taille, il toucha ses côtes. La maigreur du garçon lui serra le cœur et, contre toute raison, il se sentit coupable.

Brune apparut à son tour. Elle se dressa avec une lenteur circonspecte, sans aide, et jeta un regard vers le ciel étoilé en frissonnant.

Le chien grondait, Fulmir s'en rendit compte avec un temps de retard. Il se retourna vivement pour découvrir le soldat l'épée à la main, prêt au combat.

Les lévriers foncèrent sur eux en hurlant.

Pierre repoussa le premier du pied, le gros chien se jeta sur le second et le prit à la gorge. La bouche pendante du soldat, son air idiot trompèrent Fulmir, chose qui ne serait jamais arrivée du temps de sa jeunesse guerrière.

L'homme bondit par-dessus le feu, ses talons firent voler les cailloux. Il se fendit et poussa sa lame vers Fulmir, qui se déhancha, sauvant sa vie in extremis. Et comme l'ennemi passait à sa portée, il accrocha son pied et le frappa à la nuque.

Tombé en avant, le soldat se releva, impavide,

muet. Il revint à l'assaut, jouant de l'épée avec adresse. Le bâton de Fulmir ne pouvait rencontrer l'acier sans voler en éclats. Il s'agissait d'esquiver, de se dérober sans cesse.

– Whou ! Whou ! aboya le gros chien, vainqueur des deux lévriers.

Fulmir tournoyait à reculons sans jamais trébucher. Prouesse !

L'autre, s'épuisant à fendre le vide, commença à grogner. Une pierre traversa l'espace, rasant sa tête hirsute. Les enfants cherchaient à intervenir. Le chien aussi, mais il n'eut pas l'occasion de mordre, car le soldat l'envoya valser d'un coup de botte.

– Chierie !

L'homme sortit un poignard à lancer au moment où Brune et Pierre plongeaient dans ses jambes. Il s'affaissa par degrés, sur les enfants. Fulmir, voulant l'éborgner, lui écrasa le nez. Ensuite il cogna, d'abord avec le bâton, puis, quand celui-ci se brisa en deux, à coups de poing. Il frappait et frappait encore, saisi d'une rage féroce. Le soldat expira enfin.

Fulmir se laissa choir sur le sol. Les enfants vinrent l'entourer. Ils comprenaient qu'il avait eu peur – non pour lui, mais pour eux. Dans leur cœur, la gratitude se mêlait à une sorte de respect sacré. Ils avaient trouvé un héros et un père, et peu importait qu'il fût un nain.

10

JAUFRÉ

Depuis la mort du roi Blaise en 1302, les trois ducs se faisaient une guerre sans merci, dont l'enjeu principal était le comté de Galfé. L'ancien village de Fulmir et la forêt de Cléri se trouvaient précisément dans ce comté.

Une bataille décisive se préparait entre les ducs Noir et Rouge, et des troupes se rassemblaient entre deux rivières navigables, les plus poissonneuses du pays. Le comte de Foix rappela les soldats qu'il avait prêtés au bayle Philippus et s'en alla rejoindre l'armée du duc Noir, son suzerain. Il partit au son des tambours, portant la cataphracte, une armure d'écailles importée du Levant.

Deux jours après, Gil de Foix reçut un message du bayle Philippus annonçant qu'il n'avait pu mettre la main sur le dénommé Fulmir, et qu'il cessait les recherches. «J'ai fait parvenir le signalement du nain à nos amis dans tout le royaume, assurait-il. J'ai promis une forte récompense à qui le remettra vivant ou mort entre mes mains. Quiconque aidera à sa capture par un saint mouchardage sera également couvert d'or.»

Gil de Foix massa son œil droit et appela son écuyer.

– Selle les chevaux, Jaufré, ordonna-t-il.

– Allons-nous rejoindre le comte à l'armée ?

– Nous nous rendons à Retel, j'y ai à faire. Remue-toi, allons ! À l'écurie, cornebleu !

Le château de Foix était situé à trente lieues de Retel. Plusieurs routes menaient de l'un à l'autre. Le chevalier prit la plus longue et la moins fréquentée. Jaufré n'osa l'interroger sur ce choix. Depuis la rencontre fatale avec le nain Fulmir, Gil avait changé à son égard. Il lui parlait peu, seulement par nécessité, et le traitait avec un sourd mépris.

Ils croisèrent un marchand craintif sur son chariot, une paysanne portant sa jarre sur la tête, puis ce fut le désert. Jaufré, mal à l'aise, se mit à causer de tout et de rien. Au lieu de le rabrouer, le chevalier faisait mine d'écouter, hochant la tête, approuvant tel propos d'un grognement. Jaufré, dès lors, poursuivit son caquetage.

Ils logèrent à Pont-Chalusse, dans une auberge au toit noirci par un incendie. Les clients parlaient de la bataille prochaine sur un ton neutre, comme on cause de la pluie et du beau temps. Leur attitude – leur façon d'être assis, de manger sans faim – montrait qu'ils ne croyaient pas à un proche dénouement de la guerre civile. Dans leur esprit chagrin, les ducs se battraient toujours, le bon temps du roi Blaise ne reviendrait plus.

Gil et Jaufré partagèrent un lit pouilleux. Le chevalier souffla la bougie et souhaita la bonne nuit. L'air était lourd, on entendait courir les souris dans la charpente. Jaufré, les yeux grands ouverts, demanda à son seigneur de réciter une poésie, cela afin de colorer leurs rêves. La requête n'était pas qu'une flatterie : il avait réellement envie d'entendre de belles strophes.

Le chevalier s'éclaircit la voix, puis récita une série de rondeaux allègres, magnifiquement tournés.

« Le voyage tempère sa mauvaise humeur », pensa Jaufré, content.

Ils reprirent la route au chant du coq, après un repas consommé debout, dans la cour endormie. Jaufré, souriant à la vie, fredonnait. La campagne était plate comme la main, et vide à cette heure. La nature ne sentait que le frais – ses parfums monteraient avec la chaleur du jour.

Un orme solitaire se dressait à main gauche. Le chevalier quitta le chemin pour se diriger vers l'arbre. Une halte, déjà ? Jaufré suivit Gil en silence. Il n'en menait pas large, tout à coup.

Ils descendirent de selle, le chevalier lestement, l'écuyer à regret. À l'est, un soleil glorieux émergeait de l'horizon, lançant ses feux blancs. Ils se firent face. Mêmes taille et corpulence, blondeur de blé : ils auraient pu être des frères.

– Lorsque le nain m'a attaqué, tu as fui, dit Gil. Lâcheté impardonnable. Si elle était seule en cause, je t'aurais rossé et renvoyé dans ta famille. Mais tu m'as trahi plus gravement en racontant à tout le monde mon infortune. « Un vieux nain a bastonné Gil de Foix ! » Cette phrase fatale est ton œuvre. Tu es l'auteur de ma honte !

Il dégaina son épée.

– Si tu as claironné ma défaite, c'est parce que tu me jalouses à en crever. N'est-ce pas, Jaufré de Béryl ! Mon ridicule t'a réjoui.

L'accusé ne protesta pas, c'était inutile. Il songea à fuir, mais Gil le valait dix fois comme cavalier. Sur son étalon de prix, il battait les meilleurs…

La cavale du roi, sans pareille,
Entraîne les vivants derrière elle,
Réveille les morts en leur sommeil…

Jaufré sourit vaguement au souvenir de ces vers. Il sortit sa lame d'écuyer et s'apprêta à défendre sa jeune vie.

11

UN HOMME LIBRE

Assis à l'ombre des derniers arbres, une terre vallonnée s'étendant à perte de vue, ils rongeaient des os de lapin. Les enfants et le chien formaient un groupe silencieux, Fulmir marchait de long en large un peu plus loin. Grâce à une conversation de bûcherons surprise l'autre jour, alors qu'il se tenait tapi dans un buisson de myrte, le nain était renseigné sur leur situation. Les soldats, appelés ailleurs, avaient renoncé à les poursuivre, de même que le bayle Philippus. La tête de Fulmir était mise à prix pour une forte somme, et son signalement répandu dans le comté et les trois duchés. Des enfants, en revanche, personne ne semblait se soucier. Les bûcherons ignoraient jusqu'à leur existence. Tout leur dialogue avait porté sur le nain Fulmir, les uns admirant son audace, les autres crachant sur lui et le peuple nain.

Fulmir jeta un œil à l'épée du soldat qu'il avait tué, une arme commune, lourde, heureusement courte. Il en avait fabriqué des dizaines de cette sorte pendant ses années à la forge. Les siennes étaient de meilleure qualité…

L'épée reposait dans l'herbe. Un orvet glissa sous le fourreau et reparut de l'autre côté, agile et souple, l'œil en alerte.

Fulmir alla s'accroupir près des enfants, sa main terrible caressa le chien, qui lui sourit. L'animal faisait de véritables sourires, un signe de plus de son intelligence.

Pierre et Brune se rendaient à Thiry, un voyage de quelque deux cents lieues en ligne droite vers le nord. Un parent du garçon y résidait. Fulmir allait dans la même direction, les enfants le savaient, mais ils ignoraient le but de son périple. Les nains qui s'en vont mourir ne s'en cachent pas, d'ordinaire. Parler de leur trépas avec fierté fait même partie de la tradition. Si Fulmir avait gardé le silence, c'est parce qu'il redoutait de peiner les enfants.

– Je vous le répète une dernière fois, dit-il. Vous commettez une folie en m'accompagnant. Ma tête est mise à prix, je suis très reconnaissable... Vous, personne ne vous cherche. L'histoire du cheval est oubliée. Allez de votre côté, sans moi, et si vous êtes prudents, vous n'aurez pas d'ennuis.

– Non, souffla Brune.

– Avec l'argent que je vous ai donné, vous avez de quoi vivre jusqu'à...

– Non ! s'exclama Pierre.

Ils le regardaient d'un air farouche. Leur détermination était totale, et il ne put s'empêcher d'en être ému. Durant sa longue vie, combien d'humains avaient montré un réel attachement à son égard ? Deux ou trois, guère plus. Ces enfants l'appréciaient au point de risquer leur peau à le suivre. Fulmir ne comprenait pas que, pour les jumeaux, la vraie sottise eût consisté à se séparer de lui. Ils le pensaient invincible, capable d'échapper à tous les dangers et, si nécessaire, de bastonner une armée entière. Si on leur avait dit que Fulmir avait du sang divin, ils l'auraient cru aussitôt.

– Nous nous mettrons en route à la nuit. Plus question de voyager le jour à partir de maintenant, déclara le nain avec un geste significatif vers les champs et les prés... Vous êtes fous, tous les deux. Le bon sens voudrait que...

– NON ! firent les enfants d'une même voix.

Ils éclatèrent de rire.

– Chut, souffla Fulmir, l'œil sévère et le sourire aux lèvres.

– Whou !... Whou ! Whou !

– Tais-toi donc, toi aussi ! Vous voulez nous faire repérer ?... Brrrr ! Qui m'a donné pareille équipe ? Pas plus de jugeote dans ces trois têtes que dans celle d'un orvet. Misère ! Morbleu ! Brrrr !

– Chut ! fit Brune, injonction qui relança les rires.

Ils attendirent le coucher du soleil pour s'élancer à découvert, une lune gibbeuse éclairant leurs pas. Fulmir marchait l'épée à la main, le chien allait en éclaireur. Ils passèrent près d'un moulin aux ailes immobiles, flanqué d'une masure noire. Une vache étique, échappée d'un enclos, croisa leur chemin. Pierre la retint par les cornes pendant que Brune lui tirait du lait.

Il n'y avait pas un souffle de vent. Un renard glapit au loin tandis qu'ils approchaient d'un pont étroit. Ils s'y engagèrent à la queue leu leu, faisant grincer les planches. Une pluie de terre et de gravillons tomba dans l'eau.

Il n'était pas rare que les vagabonds, les voyageurs sans le sou ou économes passent la nuit sur les ponts de bois, moins froids que les sols naturels envahis de rosée. L'un d'eux, roulé dans une couverture, se dressa comme un diable et écarquilla les yeux. La clarté lunaire lui permit de distinguer les traits du gaillard râblé qui se tenait devant lui, armé, peu commode d'aspect.

– Fulmir ! s'exclama-t-il. Ma main à couper que tu es le nain Fulmir, recherché pour outrage envers un chevalier. Tu l'as brutalisé, à ce qu'il paraît, étrillé d'importance !

L'homme toussa de vilaine manière.

– Ne me regarde pas comme cela, maître nain. Je n'ai jamais dénoncé personne et ce n'est pas aujourd'hui que je commencerai. Martin Vidal a de l'honneur ! Qui plus est, je hais la police de l'ordre, les bayles et la noblesse dans son ensemble. L'or ne m'intéresse guère, je m'assieds sur la fortune. Je vis de l'air de Dieu, de son eau et de ses bienfaits gratuits. Martin Vidal… krheuf! krheuf!… Martin Vidal est un homme libre !

12

LE RÊVE DE MARTIN

Non seulement il toussait, mais la fièvre le tenait, lui faisait claquer des dents et trembler par tout le corps. Fulmir envoya les enfants chercher de l'eau et profita de leur absence pour parler à l'oreille de Martin.

– Sais-tu où je me rends ?

– Certes. Tu t'en vas… krheuf!… mourir au cimetière de ton peuple. J'en sais un bout sur toi, l'ami, comme tout un chacun en ce royaume.

– Écoute… Ne dis rien aux enfants. Ils ignorent mon but. Je les préserve…

– Bien sûr, bien sûr. C'est tout à ton honneur. Les courageux ont souvent grand cœur.

Ils le firent boire et manger. Fulmir lui épongea le front avant de lui masser le thorax pour désencombrer ses voies respiratoires. L'opération provoqua une quinte affreuse, le malade manqua étouffer, mais ensuite il reprit vie et s'émerveilla de pouvoir avaler l'air à grandes goulées.

– Magicien ! lança-t-il, reconnaissant.

Ils l'aidèrent à marcher jusqu'à un petit bois ceinturé de ronces, où ils comptaient passer la journée. Léché par le chien, abreuvé et nourri de bouillie de châtaigne, rafraîchi et massé, Martin Vidal n'en revenait pas de tant de sollicitude. Au cœur du fourré où il reposait, il ne cessait de remercier ses nouveaux amis. Il fit une longue et paisible sieste. Sa figure creusée, imberbe (ni barbe ni sourcils), reprenait des couleurs. À son réveil, il leur parla de la Welfriche, le royaume au nord des montagnes Sourdes. Son roi avait laissé le pouvoir à six « jurisconsultes », hommes de bien, baignés de vieille philosophie, qui respectaient et aimaient le peuple.

– J'en ai entendu parler, confia Fulmir à voix basse. Ils ont instauré des tribunaux populaires et des assemblées de conciliation.

– La justice est clémente. On torture peu, on pend avec parcimonie. Ils ont doublé le nombre des jours chômés.

– La Welfriche a mauvaise réputation, dit Fulmir à l'adresse des enfants. Il paraît que ces jurisconsultes ont ensorcelé leur roi afin de le rendre docile comme un chien.

– Fadaises ! s'emporta Martin. Le roi Jacques les a nommés en toute conscience, parce qu'il les sait plus aptes que lui à gérer les affaires. Les jurisconsultes, grâce leur soit rendue, construisent une société nouvelle sous le regard approbateur de Dieu.

– Puisque tu le dis.

– Je veux aller là-bas ! Je m'y rends de ce pas… Welfriche, ce nom parle à mon âme !

Mais Martin, le pauvre, n'était pas en état de faire le voyage. La nuit venue, Fulmir le chargea sur son dos et le transporta, tout somnolant, jusqu'à Carbie. La ville fortifiée dormait quand ils y entrèrent par une porte basse, un trou d'enceinte encombré de détritus.

– Où sommes-nous ? s'enquit Martin.

– En ville, souffla Fulmir. Tout va bien.

Ils le laissèrent devant le dispensaire qui jouxtait l'église paroissiale.

– Je hais les hôpitaux, dit Martin. Ce sont des lieux dégoûtants, où l'on crève plus souvent qu'on ne guérit. Les paillasses pisseuses, breneuses…

– Ce dispensaire est tenu par des nonnes savantes qui portent aux nues la propreté. La bourse qui pend à ton cou contient de l'argent, ajouta Fulmir en touchant le sac rebondi. Tu n'es plus pauvre, Martin, et tu seras bien traité.

– Dorloté, souffla Brune.

– Adieu, ami. Attends un moment avant de frapper à l'huis… Tu guériras, pour sûr. Ta jeunesse aura raison du mal qui t'habite.

– Ma main à couper, murmura Pierre.

– Vous êtes des anges, s'émut Martin Vidal. Que je meure demain ou dans dix ans, ce sont vos visages que je verrai en fermant les yeux pour toujours.

Ils baisèrent son front à tour de rôle,

murmurèrent leurs adieux et s'évanouirent comme des vapeurs. Leur présence sur le parvis d'une ville très peuplée, sillonnée par la garde de nuit, n'était rien moins qu'une folie.

13

LA BIÈRE D'HOULGOUMON

Gil de Foix prit une chambre dans la plus confortable auberge de Retel. Il commanda des œufs et du mouton, une pinte d'hydromel. Lorsque le patron lui apporta son plat fumant, il lui demanda où trouver un médecin.

– Êtes-vous malade, monseigneur ?

– Une fièvre lente et des nausées, mentit Gil.

– Beaucoup de gens sont dans votre cas. Notre meilleur docteur, Marcabru, loge au bout de la rue, dans la maison à l'enseigne rouge.

– Mon épée aussi est mal en point, dit Gil d'un ton affable. Où trouverais-je ce nain forgeron ?

– Houlgoumon ? Il habite hors de la ville. Mais nous avons un maître forgeron dans nos murs, homme habile…

– Je veux le nain.

L'aubergiste expliqua comment se rendre à la demeure d'Houlgoumon. Gil le remercia d'une tape sur l'épaule, geste de familiarité qui fit son effet.

– Bonne route ! lança l'hôte tandis que le chevalier se dirigeait vers la sortie. Soyez ferme avec le nain, c'est un fin renard. Quand il verra vos bagues et votre tunique brodée, il montera son prix… Je fais préparer la chambre. Matelas bourré de neuf, draps frais… Bonne route, monseigneur !

Gil trouva Houlgoumon en train de se chauffer au soleil. Sa ressemblance avec Fulmir – pour les hommes, les nains avaient tous la même tête – réveilla la colère du chevalier, mais il se reprit aussitôt et montra un visage avenant.

– Bienvenue ! s'exclama Houlgoumon. Votre présence me transporte de joie et d'honneur, messire.

Il fit une révérence, point trop maladroite, et vint prestement tenir le cheval de Gil par la bride. Le chevalier descendit de selle avec grâce et se présenta sous un faux nom. Après un échange d'amabilités, il dégaina afin de montrer sa lame abîmée.

– Diantre ! fit Houlgoumon. Le coup est méchant. Une entaillure pareille, la chose est rare. Vous devez être un monstre à la guerre, par Dieu !

– Quand puis-je venir la rechercher ? Le temps me presse.

– Je relève d'un méchant catarrhe, confia le nain. Je tousse encore, tenez : krheuf! krheuf!... Le travail en retard s'accumule... Le baron de

Nesle m'a commandé une hache et des tenailles. Si je dois vous satisfaire… krheuf!… labeur de nuit, fatigant, néfaste…

– Je paierai ce qu'il faut. Ton prix sera le mien.

– À la bonne heure! Le seigneur, le vrai, ne barguigne pas. Vous êtes un prince en puissance.

– Qui a soif.

– Tout de suite! dit Houlgoumon, qui disparut dans sa masure recouverte de chaume, si basse que les animaux montaient dessus.

Une chèvre hautaine, d'un noir de jais, se baladait en ce moment sur le haut du toit, tel un funambule.

Houlgoumon apporta deux cruches de bière. Ils trinquèrent, contents l'un de l'autre.

– Encore! réclama Gil en s'essuyant les lèvres (il avait fait cul sec). Ce breuvage me met en joie, ha! ha! ha!

Le nain saisit la cruche de Gil, déposa la

sienne par terre et courut à l'intérieur. Le chevalier en profita pour sortir la fiole noire de son père, qu'il vida dans la bière d'Houlgoumon.

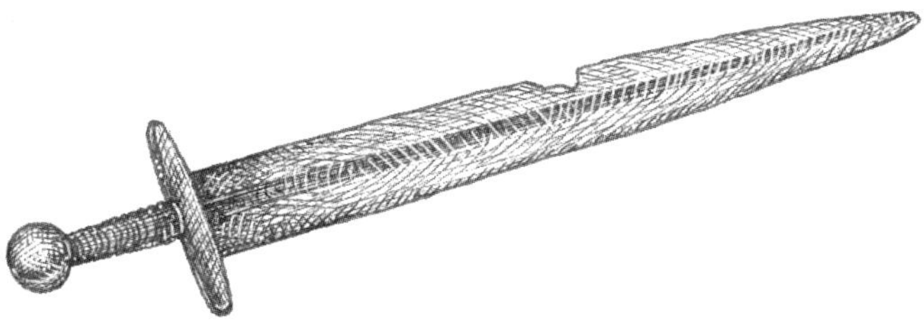

14

LA LEÇON

Ils se tenaient en haut d'un rocher, allongés côte à côte dans les herbes hautes. Vingt toises plus bas, dans un étang de belle taille, une dizaine de jeunes gens, garçons et filles, s'ébattaient dans le plus simple appareil. Certains des arbres qui entouraient l'eau avaient le pied peint en blanc, preuve que le lieu était sacré. Des cérémonies en l'honneur de quelque saint local devaient s'y dérouler.

Les membres de la petite bande s'éclaboussaient, se jetaient des algues. Deux garçons luttaient à grand bruit, leurs corps tendus, arrimés l'un à l'autre, disparaissant parfois sous la surface… Il arrivait qu'un baigneur, pris d'une envie, traverse l'étang comme une flèche. Tous ces jouvenceaux nageaient à merveille. Les ondes qu'ils produisaient, le sillon droit qu'ils laissaient derrière eux – quelle beauté ! Pierre et Brune ne se lassaient pas de les admirer.

– Sais-tu nager, Fulmir ? souffla le garçon.

– Certes oui. Mon père m'a montré les mouvements, en un temps où vos grands-parents n'étaient pas nés.

– Nous, personne ne nous a appris.

– Personne, soupira Brune.

Le soir tombait. Les baigneurs se rassemblèrent sur une pierre plate pour se sécher mutuellement à l'aide d'étoffes. Les filles ôtèrent leurs turbans de nage et passèrent leurs robes tandis que les garçons enfilaient braies et tuniques. Leurs voix montaient, amplifiées par l'écho. Ce n'étaient que taquineries, propos badins…

Ils s'en allèrent bras dessus bras dessous, insouciants. La guerre et la disette n'existaient pas pour eux. Ils auraient pu vivre au temps du roi Blaise !

L'eau de l'étang ressemblait maintenant à une nappe de lait. Le silence envahit l'espace, bientôt rompu par un premier coassement. Sur le rocher, le chien dressa l'oreille. « Crôô, croââââ !... Crôô, croââââ ! » Les grenouilles reprenaient possession de leur royaume. La lune n'était pas levée, il n'était pas encore temps de partir. Pierre se mit sur le dos, les mains derrière la nuque.

– Et si tu nous apprenais ?

– Oh oui, de grâce, Fulmir ! Enseigne-nous l'art de nager.

Il leur tendit à chacun une pomme. Les enfants scrutaient son visage velu, impénétrable. Les cloches d'une église lointaine sonnèrent l'angélus du soir.

– Et pourquoi non ? dit Fulmir. Mais nous attendrons la nuit. Ce sera une leçon nocturne.

– Je n'ai pas peur, déclara Brune.

– Ni moi non plus, dit Pierre.

L'obscurité venue, ils trouvèrent un sentier qui les déposa sur la roche plate où s'étaient rhabillés les baigneurs. Fulmir ôta sa tunique de jute et, gardant ses braies, se glissa dans l'eau noire. Sa manière de flotter était bien différente de celle des jeunes gens de tout à l'heure. Il parut d'abord batailler avec l'élément liquide. Ses mouvements étaient brusques et désordonnés, bizarres. Puis, petit à petit, il retrouva l'aisance oubliée, bras et jambes travaillèrent ensemble, en souplesse, pour produire une nage digne de ce nom.

– C'est la romulade, révéla-t-il, essoufflé. Une nage très ancienne. Qui veut commencer ?

Les deux le voulaient, mais Pierre laissa Brune entrer dans l'étang la première.

La maigreur des enfants frappa à nouveau Fulmir, qui se jura de les remplumer avant peu. Il coucha Brune sur le ventre et la maintint à la surface de l'eau tout en prodiguant ses conseils. L'enfant, nerveuse, avide d'apprendre, remuait de son mieux.

Le ciel s'emplissait d'étoiles, présences timides au regard de la masse lunaire, d'un blanc agressif. Le chien lapait, les pattes dans l'eau, son ventre gonflant à vue d'œil. Il ne perdait rien de la leçon.

Brune n'y était pas encore, loin s'en faut, quand Fulmir lui ordonna d'aller se reposer. Pierre prit sa place et se montra pareillement brave et appliqué.

L'apprentissage demanda la moitié de la nuit. Ils quittèrent l'étang sacré par le chemin des baigneurs. Nulle fatigue chez les enfants. Au contraire, ils avançaient d'un pas altier, rayonnant du même sourire victorieux.

15

LA PROVIDENCE D'HOULGOUMON

Quand il retourna chez Houlgoumon, le surlendemain de sa première visite, Gil de Foix trouva le nain au lit, dans un état de grande faiblesse. Il pouvait à peine soulever sa cruche à boire, et parler lui demandait un réel effort.

– Je n'ai pas pu réparer votre belle… votre belle épée, haleta-t-il. Mon catarrhe est revenu en force. Le mal… le mal ne cesse d'empirer.

Houlgoumon avait les traits d'un mourant, pourtant le chevalier savait qu'il ne fallait pas s'inquiéter : le nain mourrait en temps et en heure, à petit feu.

Il lui tâta le front, observa le fond de son œil…

– Je vais chercher un docteur, annonça-t-il.

– Trop bon, articula Houlgoumon.

Avant de partir, Gil entra dans la forge attenante au logis. Il contourna l'enclume et le soufflet géant pour s'approcher du magasin. Diverses armes, haches, glaives, lances et autres hallebardes remplissaient les râteliers d'Houlgoumon.

Depuis qu'il avait laissé son épée à la forge, il n'avait plus qu'un poignard pour se défendre. Il choisit une épée à quillon recourbé, d'un modèle élégant, et la passa à sa ceinture. En sortant, il donna du pied dans un armet cabossé, provoquant un petit vacarme que le nain entendit peut-être, de l'autre côté du mur.

Le docteur Marcabru terminait un repas dans sa maison à l'enseigne rouge. Il salua Gil jusqu'à terre, se montra empressé jusqu'au moment où il apprit l'identité du patient. Se déplacer pour un nain n'entrait pas dans ses habitudes, et la vue d'une bourse pleine n'y changea rien.

Lorsqu'un homme est vraiment cruel, les autres le sentent et se plient à ses volontés. Gil, auteur d'un meurtre récent, n'eut qu'à porter la main à l'épée pour effrayer Marcabru, lequel enfila son chaperon. Ils galopèrent sous le soleil de midi, soulevant une poussière pesante.

Houlgoumon les accueillit d'un sourire héroïque. Il faisait peine à voir. Le docteur l'examina longuement, sans brusquerie, avec une compétence rare pour l'époque.

– As-tu mangé des champignons ?

Houlgoumon fit non avec les yeux.

– As-tu bu de l'eau croupie, saumâtre, odorante ?

Même réponse.

Gil de Foix, pendant ce temps, était assis sur un coffre, lisant son recueil de rondeaux.

Il accompagna Marcabru à l'extérieur quand celui-ci eut terminé, revint au chevet du nain un moment après. Il n'y alla pas par quatre chemins.

– Tu es condamné. D'après le savant docteur, il te reste juste assez de vie pour mettre tes affaires en ordre.

– Combien… de jours ?

– Impossible à dire.

Houlgoumon parvint à se redresser sur les coudes.

– Partir, prononça-t-il.

– Il n'est pas question de te lever, encore moins de partir. Écoute-moi, forgeron : tu vas mourir.

– Pas ici, jamais. Nous autres nains…

Gil se frappa le front.

– Mais oui ! s'exclama-t-il. Bien sûr ! Le cimetière… Vous allez fermer vos yeux en un lieu secret, mon père me l'a raconté autrefois. Je croyais à une fable.

– La vérité !… Je pars.

– Tu n'y arriveras pas, jamais dans cet état. Laisse-moi t'y conduire. Tu possèdes un chariot. J'y attellerai mon cheval et…

– Pourquoi feriez-vous cela ? voulut savoir Houlgoumon.

La voix était claire, tout soudain, et le regard, suspicieux.

– Pourquoi ? répéta le nain.

Gil sentit que la partie se jouerait ici. Il pouvait gagner ou tout perdre, cela dépendrait de sa réponse et de la façon dont il la donnerait.

– Jeune encore, j'ai déjà fait beaucoup de mal, confia-t-il. J'ai tué des faibles, je me suis amusé à… Je préfère n'en parler qu'à mon confesseur. Sache seulement que je cherche à me racheter par des actions louables. Pour mon salut… Te conduire au cimetière de ton peuple me donnerait l'occasion d'être bon.

Houlgoumon se laissa retomber en arrière. Il dévisagea Gil, dont la mine contrite réussit à le convaincre.

–Vous me laisserez à une demi-lieue de l'endroit. Je ramperai s'il le faut... M'accompagner jusqu'au bout... impossible. Le secret... Donnez-moi votre parole que... que...

– Je ne te suivrai pas, je le jure sur mon âme. Que m'importe, à moi, le cimetière des nains ! Je n'ai en tête que mon rachat.

–Vous êtes ma providence, souffla Houlgoumon, les paupières closes. Merci !... Le chariot... Messire, le chariot, prestement ! Le temps nous est compté.

16

L'INCENDIE

Une semaine plus tard, Fulmir et les enfants étaient parvenus dans la région du lac Sucré. Ils allaient bientôt pouvoir poser les yeux sur la plus grande étendue d'eau du pays. Le voyage avait pris un tour différent depuis la leçon de nage, car celle-ci avait éveillé chez Pierre et Brune l'envie d'apprendre. Dès lors, les journées ne servaient plus seulement au repos. Dans le secret des bois, Fulmir leur enseigna les nœuds marins, il leur montra comment tresser un panier ou façonner un arc et des flèches, leur apprit les rudiments de la lutte… Poser des pièges, pêcher à l'hameçon, jouer aux dés… ils avaient tant à découvrir !

Leur intelligence était vive et leur curiosité, insatiable – aussi ne fallait-il pas longtemps avant qu'ils maîtrisent une technique, un savoir. Un jour, au fond d'une grotte, Fulmir traça des caractères à la pointe de son épée. C'étaient les lettres de l'alphabet nain, plusieurs fois millénaire. Une langue quasi perdue, un monde oublié se révélèrent subrepticement. Pierre et Brune apprirent les premiers rudiments de ce langage méprisé.

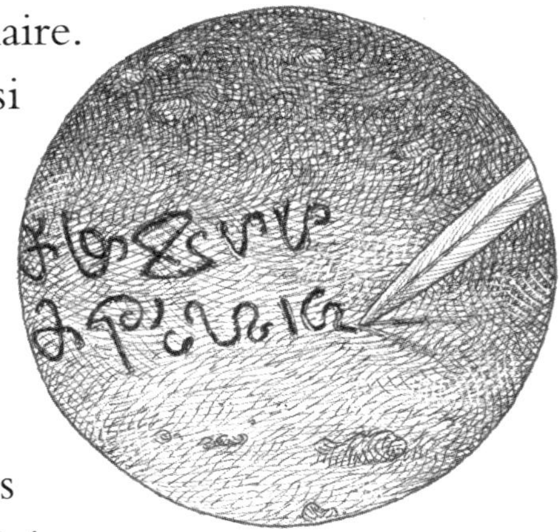

Eux qui ne connaissaient pas trois noms de rois humains mémorisèrent des listes de monarques nains disparus avant la naissance du Christ.

Fulmir leur récitait des passages du *Maradnoulgatt*, le Grand Livre des nains, et les traduisait ensuite. Dans ce récit foisonnant, plein de crimes et de magie, de trahisons et de vengeances, la principale obsession des héros consistait à creuser les montagnes pour en atteindre le cœur.

Leur remontée vers le nord ressemblait maintenant à un rêve. Ce qu'ils voyaient, ce qu'ils touchaient, les odeurs et les bruits du monde perdaient leur réalité au profit de l'univers dans lequel ils vivaient en pensée – celui du *Maradnoulgatt*. N'ayant pas eu d'enfants, Fulmir n'avait pu transmettre à personne les traditions naines. Le faire aujourd'hui, dans son dernier périple, lui procurait une joie troublante. Pierre et Brune se montraient si avides de connaître les traditions de son peuple qu'il en eut plusieurs fois les larmes aux yeux.

Lorsque d'aventure il les laissait seuls un moment, il les retrouvait en train de discuter tel ou tel épisode du *Maradnoulgatt*.

– Palbaïr n'a pas eu raison de manger la poire, disait Pierre. S'il avait écouté son oncle…

– La poire, ce n'était rien, répliquait Brune. La reine l'aurait pardonné. Son erreur fut d'abîmer la pelle d'or…

Ils se trouvaient à l'abri d'un bouquet d'arbres quand la réalité se rappela à eux sous la forme d'un incendie. Des cris les avaient tirés du sommeil. Ils rampèrent dans les taillis pour découvrir le moulin tout proche en train de brûler. Une dizaine de personnes assistaient à la scène et, parmi elles, une seule agissait, un gaillard torse nu. Il terminait de défoncer la porte de la maison attenante au moulin. Une petite fille sortit en courant. Il voulut la prendre dans ses bras, mais elle s'écarta et se mit à crier en montrant le logis.

L'homme torse nu regarda autour de lui. Les autres ne firent pas un geste, sinon pour reculer d'un pas. Il retourna un seau d'eau sur sa tête et fonça dans la maison en feu. La petite fille le suivit et s'arrêta sur le seuil.

– Ils n'ont rien fait pour la retenir, gronda Fulmir. Elle aurait pu rentrer, ils seraient restés là comme des buses.

– Des pleutres, souffla Pierre.

– Comment se peut-il… dit Brune au moment où le gaillard courageux reparaissait en titubant, les mains à la gorge.

Il tomba à genoux, toussa avec tant de force que son visage devint rouge. S'étant relevé avec peine, il s'adressa aux autres avec des gestes expressifs en direction du puits.

– Il n'arrivera à rien avec eux, soupira Fulmir. Il faut que j'y aille.

– Tu seras reconnu, si tu te montres, s'inquiéta Brune.

– Dénoncé à coup sûr, dit Pierre. Mais tu le sais, cela.

Fulmir s'était dressé. Il regarda tour à tour les deux enfants et le chien, leur intima de ne pas bouger, et s'élança.

17

LA BRAVOURE DE FULMIR

Les gens le virent passer avec stupeur. Il s'engouffra dans la maison tout en récitant dans sa tête certaine formule ancienne :

– Écartez-vous, flammes ! Au nom de Dieu, épargnez ma peau, car je suis un bon nain, fier et droit, respectueux de l'Univers créé !

Aveuglé par la poussière, saisi par la chaleur et le vacarme, il enjamba une poutre, contourna un pilier en feu. Des plaques de tourbe tombaient, brûlantes, et s'écrasaient sur le sol encombré. Il trouva son chemin vers le mur de droite, intact, et le longea. Dans le coin, assise sur un coffre, se tenait une femme avec un bébé dans les bras. Le bas de sa robe de jute flambait lentement. Fulmir plongea en avant, enferma l'étoffe dans ses grosses mains afin d'éteindre le feu. Douleur extrême. Il chercha en vain les yeux de la femme, qui, immobile, semblait regarder en elle-même. Il la saisit à la taille et sous les cuisses et l'emporta dans le chaos. Elle ne pesait rien. Tout en avançant à tâtons le long du mur suintant, Fulmir aperçut le visage du bébé sous son bonnet : l'enfant vivait.

Il pouvait à peine respirer. Le toit s'était écroulé en partie, rendant impossible l'accès à la porte. Fulmir déposa son fardeau et donna de l'épaule contre la paroi la plus proche. Une fois, deux fois… une troisième : le bois pliait mais ne cédait pas. Une voix retentit alors de l'autre côté. Fulmir s'écarta à l'instant où le fer d'une hache passait à travers le mur.

La mère toussait dans les convulsions, repliée sur l'enfant. La hache continuait à mordre.

– C'est bon, hurla Fulmir à travers la brèche.

Il se jeta comme un fou sur le mur, qui commença à s'ouvrir. Terminant le travail à coups de pied et de poing, il créa une ouverture assez grande pour sortir. Il releva la mère, la poussa dehors avant de suivre le même chemin.

Fulmir se retrouva devant une rangée de spectateurs muets, d'une maigreur cadavérique. L'homme torse nu reprenait son souffle, appuyé sur la hache providentielle.

– Je me nomme Aimeric, dit l'homme. Je salue ta bravoure.

– Toi et moi avons fait notre devoir.

Ils échangèrent un sourire. La fillette sauvée tout à l'heure emmena sa mère par la main et la fit asseoir sur un billot.

Les autres observaient Fulmir, le dévisageant sans gêne. Pas un n'ouvrit la bouche. Soudain, sans raison apparente, ils tournèrent le dos aux héros et s'en retournèrent chez eux. Ils formaient un groupe serré, moutonnier.

La maison s'écroulait, les flammes s'en prenaient maintenant à la partie haute du moulin. La chaleur augmenta encore.

– Cette femme…

– Esclarmonde, révéla Aimeric. Veuve depuis un mois.

– Pourrais-tu…

– Non, hélas ! J'ai cinq bouches à nourrir et je n'y parviens guère. Les brigands… ils nous volent nos récoltes, nos réserves. Je n'ai plus une seule bête. Nous vivons de pêche, mais la rivière se vide. Les perches et les tanches ont disparu depuis avril. Les écureuils, les chats… ils ont tous été mangés. Un jour sur deux, nous bouffons des racines. Il est loin, le temps du roi Blaise !

– Seule ici avec le bébé et la petite, elle ne pourra s'en sortir, je le crains.

Aimeric secoua la tête en signe d'impuissance.

– Ils vont te dénoncer, prévint-il alors.

Nous t'avons reconnu, Fulmir. Les cent écus offerts pour ta tête...

– Et toi, me dénonceras-tu ?

– Ils arriveront au village avant moi, dit Aimeric avec humour.

Il n'y avait rien à ajouter. Aimeric salua Esclarmonde et la fillette, et s'en alla d'un pas rapide.

– Je prierai pour toi, nain, lança-t-il par-dessus son épaule décharnée. Pour que tu puisses mourir à ta guise et non au bout d'une corde.

Fulmir sentit une petite main se glisser dans la sienne.

– Tu es brûlant, dit la fillette. Ta peau est comme la braise... Je n'aimais pas les nains, avant. J'avais peur de vous. Père disait que vous faites des diableries, des sabbats. Mais ce n'est pas vrai, n'est-ce pas ?

– Comment t'appelles-tu ?

– Gauzia.

Elle avait les yeux verts et une fossette au menton.

– Je suis Fulmir fils de Kernagon.

Pierre et Brune, debout, la main en visière, n'osaient quitter les arbres sans sa permission. Il leur fit signe d'approcher.

18

À FOND DE TRAIN

Le groupe de villageois était venu chercher du grain. Ils savaient qu'Esclarmonde en conservait un sac plein, et ils avaient proposé de l'acheter. Elle avait crié son refus à travers la porte. Les hommes, alors, s'étaient mis à cogner l'huis dans le dessein de forcer leur entrée.

Le blé, ils l'auraient volé, pour sûr ! Esclarmonde avait mis le feu au sac, préférant brûler les grains plutôt que de les laisser prendre, et c'est ainsi que l'incendie avait démarré.

Gauzia terminait de rapporter ces faits aux

jumeaux. De son côté, Fulmir réfléchissait à la situation, les mains plongées dans un seau d'eau fraîche. Depuis qu'il avait rossé Gil de Foix, le danger n'avait jamais été aussi grand.

Plaider à nouveau pour une séparation, il y songea, mais il connaissait à l'avance la réponse de Pierre et de Brune.

– Ces gens m'ont reconnu, dit-il en secouant les mains. Les soldats de l'ordre ne vont pas tarder.

– Il n'y en a pas ici, assura Gauzia. C'est un brigand, Gorogol, qui commande la paroisse. Il a occis le bayle et pris sa maison. Il rançonne tout le monde.

– C'est lui qui viendra, alors, attiré par l'or promis pour ma capture. Je suis recherché, ajouta Fulmir à l'intention de la fillette.

– Oh, je le sais !

– J'ai bien réfléchi. Il n'y a pas de forêt par ici, et à peine des bois. Notre meilleure chance…

– Le lac, devina Brune.

– Oui. Je suis bon manieur d'avirons. Nous emprunterons une barque. Mais avant cela il faudra courir, courir sans une halte, sans même un instant pour reprendre haleine. Êtes-vous prêts à crever vos poumons ?

– Nous avons un cheval, intervint Gauzia.

– Est-ce possible ?

– Un cheval et un chariot, nous possédons les deux !

– Nous ne pouvons vous en priver. Ce serait… Si j'avais encore de l'argent…

Pierre et Brune étaient partis comme des flèches à la maison des animaux, long bâtiment au toit de lauzes. Ils revinrent en annonçant qu'elle était vide.

– Il y a une cloison, confia Gauzia. Le cheval est derrière, caché.

Elle courut rejoindre les jumeaux et les entraîna dans le bâtiment. Esclarmonde se leva et marcha vers Fulmir, dont elle agrippa le biceps. Il réalisa à quel point elle était belle – la plus jolie femme qu'il eût rencontrée dans sa longue vie. Les traits tirés d'Esclarmonde, sa robe fruste et couverte de cendres n'y changeaient rien, ou peu de chose.

– Prends la Flûte et le chariot. Je suis d'accord.

– La Flûte… c'est le cheval, n'est-ce pas ? Nous ne pouvons décemment…

– Je pars avec toi, nain. Il n'y a plus rien pour moi ici. Rien.

– Je suis celui qu'on recherche. Cent écus sur ma tête…

– J'ai peur de tout depuis la mort de mon époux. Un bruit de pas, un chat qui miaule… La peur est partout en moi et au-dehors. Mes prières ne vont nulle part, elles me reviennent à la figure. Toi, gentil nain, tu me rends le courage de vivre. Tu es mon sauveur !

Fulmir sentit ses jambes mollir. Les jumeaux d'abord, et maintenant cette mère et ses deux enfants… Dieu ou le diable semblait s'amuser à perturber son dernier voyage, à le priver de la solitude sacrée à laquelle il avait droit, comme tout bon nain. Qu'avait-il fait, quel péché avait-il commis pour qu'On se plaise à saboter sa mort de telle façon ?

Les enfants arrivaient avec une jument osseuse, d'allure revêche. Ils l'amenèrent au petit chariot garé près d'un arbre sans tête.

– Je pars avec toi, répéta Esclarmonde.

Fulmir haussa les épaules. Renonçant à discuter, il alla prêter main-forte aux enfants. Le cheval fut attelé en un instant. Gauzia monta sur la corbeille à côté de Fulmir, les autres prirent place à l'arrière.

– Hue ! rugit le nain en secouant les guides.

La Flûte prit le trot sans se faire prier. Une fois sur le chemin, son envie de se dégourdir les pattes devint manifeste. Fulmir comprit qu'il avait affaire à l'une de ces bêtes aux apparences trompeuses – il en avait connu quelques-unes.

– Elle a de bonnes jambes, observa-t-il.

– Sale caractère, fière coureuse, dit Gauzia, le regard tourné vers sa demeure détruite, bientôt hors de vue.

Le vent frappait leurs joues brûlantes, emportant avec lui l'odeur de cendre. Un tournant, puis un autre… La Flûte n'avait pas besoin d'être guidée, elle connaissait le chemin. Ils dépassèrent Aimeric à fond de train. Lorsqu'ils rattrapèrent les villageois, la jument accéléra encore son galop. Les marcheurs durent s'écarter prestement.

Gauzia leur tira la langue au passage, et Fulmir se tordit le cou pour observer leurs réactions. Il n'y en eut aucune. La poussière soulevée par le chariot laissait émerger leurs bustes gris, leurs visages éteints. Ils avaient l'air de ces fantômes qu'il avait vus un jour à l'abbaye de Rudamar, dans un livre enluminé.

– Nous devons contourner le village, cria Fulmir. Gorogol…

– À droite à la fourche, dit Gauzia, souriant d'une oreille à l'autre.

La vitesse la mettait en joie.

Ils s'engagèrent dans un chemin plus étroit, cabossé. Le bébé se mit à hurler. Ils gardèrent la cadence sur une lieue environ, jusqu'à une montée qui força la Flûte à ralentir. Elle ne tarda pas à peiner. Fulmir songeait à faire descendre tout le monde, quand une secousse le projeta contre Gauzia.

Il connaissait ce bruit, entendu plus d'une fois au temps de sa jeunesse voyageuse : l'essieu du chariot venait de se rompre.

Réparer prendrait trop de temps. Il détacha la jument, installa Esclarmonde et Gauzia sur son dos, et ils se remirent en route.

« La chance nous échappe », songea Fulmir, saisi par l'image d'une corde de pendu.

19

EN BARQUE

Ils marchaient depuis un moment lorsque, au détour d'un chemin, ils manquèrent de se heurter à un chariot large et haut, un transport de foin, vide en l'occurrence. Le conducteur eut grand mal à stopper sa bête, un hongre monumental, étonnamment bien nourri.

– Place ! Place, sangdieu !

L'homme fit claquer son fouet et prononça des injures. En repensant à ces instants, Fulmir s'étonnerait lui-même de sa hardiesse. Il n'hésita pas l'ombre d'un instant avant de sauter sur le

marchepied, de saisir l'insulteur par le col et de le jeter au sol. Un nouveau bond le propulsa dans l'herbe au moment où l'autre se relevait. Il l'assomma d'un coup de poing bien placé.

– Montez !

– Et la Flûte ? demanda Gauzia.

– Elle est libre, à présent.

Joignant le geste à la parole, il lui ôta bride et collier, lui claqua la croupe en lui souhaitant belle vie. Il agissait avec une telle autorité que ni Gauzia ni Esclarmonde ne protestèrent.

Faire faire demi-tour au gros cheval et au véhicule se révéla difficile. Ils perdirent un temps précieux dans l'opération, menée par Fulmir et les jumeaux. Ils repartirent enfin, sous un soleil de plomb, la sueur brouillant leur vue.

Le chemin les ramenait vers l'ouest tout en sinuant. Il les déposa sur la voie plus large qu'ils avaient quittée pour éviter le village. Fulmir joua du fouet afin de stimuler le hongre, qui semblait ignorer le galop et toute notion de fierté.

– Clac!... Clac!...

Ils suivaient une large courbe qui leur révéla l'horizon et le lac Sucré. On n'en voyait pas le bout. Des îles peuplaient sa vastitude, des milliers d'oiseaux le survolaient sous les nuages en pagaille.

– Nous sommes suivis! annonça Brune.

– Gorogol, dit Gauzia. C'est lui!

Une bande à cheval arrivait à dextre, à l'endroit où la trajectoire s'incurvait. La disposition du terrain la faisait paraître très proche. Sans les marécages alentour, les brigands auraient eu le loisir de couper au plus court.

– Hue, bourrique!

Leur avance se réduisait vite. Ils descendaient en cahotant vers les abris de pêcheurs. Derrière, Esclarmonde et les jumeaux s'agrippaient aux ridelles, le regard fixé sur les poursuivants.

Ils s'arrêtèrent à six pas de l'eau. Deux hommes jeunes se tenaient sur la berge, l'un revenant de la pêche, l'autre s'apprêtant à y aller. Ils devaient partager la barque, cela était courant à l'époque. Fulmir les menaça de son épée. D'une voix changée, il leur intima de déguerpir, ce qu'ils firent sans demander leur reste. Le nain aida sa petite troupe à monter dans l'embarcation et y sauta à son tour. Il gagna le banc de nage à l'avant, s'y assit et empoigna les avirons. Tout dans ses déplacements et dans ses gestes dénotait une aisance de bon aloi.

Gauzia battit des mains lorsque la barque se mit à filer comme le vent, soulevant peu de remous. Le bébé pleurait.

Une encablure les séparait déjà de la terre ferme. Les brigands dévalèrent la petite pente herbue où se dressaient les abris. Ils échangèrent quelques mots avec les pêcheurs gesticulants, puis longèrent l'eau en direction de l'ouest. Ils disparurent derrière les saules pleureurs.

Fulmir suspendit son effort. Hormis le bébé, tout le monde retenait son souffle. L'attente ne fut pas longue, hélas ! Une barque creva le rideau des branches tombantes, et le son de ses quatre avirons frappant l'onde retendit, régulier, d'une netteté démoralisante.

20

LA FLÈCHE BRISÉE

Ils étaient cinq à bord : les quatre rameurs, qui savaient y faire, et Gorogol. Ce dernier, debout à la proue, portait une broigne et un casque à plumet. Il étincelait des pieds à la tête. Fulmir le gardait en point de mire et le voyait grandir par degrés. C'était un géant, il s'en rendit compte en le comparant à ses hommes : largeur d'épaules, grosseur de tête… Gauzia devina ses pensées.

– Deux cent cinquante livres et sept pieds de hauteur, dit-elle. Enfant, il a vécu en sauvage, avec une ourse pour maman.

– De qui parles-tu ? interrogea Pierre.

– De Gorogol… Regarde-le donc, si tu as assez de cœur.

Fulmir ne sentait pas la fatigue. Ce qu'il arrivait à accomplir tenait du prodige. Disparues, les douleurs osseuses du grand âge ! Oubliée, la raideur des muscles usés !

Il n'avait pas craint d'accélérer encore ses mouvements. Plus vite, toujours plus vite. Les autres, pourtant, gagnaient du terrain. Ils étaient quatre à ramer, un homme pour une rame, la lutte était par trop inégale.

L'effort qu'il déployait lui arrachait des cris rauques. Il s'attendait à des menaces, des insultes, peut-être, mais Gorogol se contentait de le fixer avec un large sourire. Fulmir pouvait voir ses dents bleues, son nez écrasé par une ancienne blessure…

Esclarmonde ouvrit son corsage et donna le sein au bébé. Le petit s'appelait Galien, et peut-être mourrait-il avant d'avoir réellement vécu.

Car Fulmir doutait que les brigands épargnent ses compagnons. Ils le prendraient, lui, pour le mener enchaîné au bayle Philippus. Quant aux autres… La mort se donnait à tour de bras, sans y penser, en ces temps de chaos.

Fulmir s'en voulait de sa faiblesse. Jamais il n'aurait dû se laisser accompagner par quiconque. Au lieu de se mêler des affaires du monde, il eût mieux fait de passer son chemin…

Il se demanda si l'autre rive était visible. L'équilibre parfait de ses mouvements lui interdisait de tourner la tête, aussi chassa-t-il sa curiosité. Pierre et Brune chuchotaient à l'arrière.

Un nuage cacha le soleil. Les plaques métalliques de l'armure du géant s'éteignirent. Gorogol, les mains sur les hanches, s'était mué en figure de pierre.

Fulmir sentit une légère secousse quand Brune se dressa, l'arc à la main, tendu à l'extrême. La flèche fusa vers Gorogol. Un trait léger, doté d'une pointe dérisoire. Le chef des brigands

leva la main pour protéger ses yeux. La flèche heurta l'os de son poignet et rebondit, brisée en deux. Le geste brusque de Gorogol provoqua une embardée qu'il chercha à corriger en se portant vers bâbord. Sa brusquerie et son poids se conjuguèrent pour faire chavirer la barque. Les brigands se retrouvèrent à l'eau.

– Whou ! Whou ! aboya le chien, excité par le spectacle.

Les rameurs s'arrimèrent à l'embarcation retournée, mais pas Gorogol, tombé plus loin. Il battait le lac avec ses grandes mains, éructant des appels au secours. Soudain, il coula. Sa tête énorme reparut sans le casque, et ses yeux révulsés croisèrent ceux de Fulmir, qui lut toute l'indignation du monde dans le regard du chef.

L'instant d'après, Gorogol sombra à nouveau, et cette fois pour de bon. Fulmir, qui avait lâché les avirons, les reprit. Sa paume était couverte d'ampoules. La douleur cuisante lui procura une espèce de joie.

Ils glissaient doucement sur l'eau brune. Des poissons venaient coller leur bouche à la surface, comme pour respirer, puis redescendaient dans les ténèbres. Là-bas, les naufragés nageaient avec peine, poussant la barque devant eux. C'était miracle qu'elle fût toujours à flot.

– Brune, c'est bien ton nom ? demanda Esclarmonde.

– Oui.

– Tu peux être fière. Tu as mis hors jeu cinq coquins avec un arc à lapins. Par Dieu, oui, tu as le droit d'être fière !

Brune eut un sourire timide. Elle était encore sous le choc de la mort hideuse de Gorogol, son œuvre.

21

LA MÉFIANCE D'HOULGOUMON

Pendant tout le voyage, Gil de Foix s'était montré plein de sollicitude envers le malade, le faisant manger et boire, l'aidant à se lever pour satisfaire ses besoins naturels. Houlgoumon remerciait le chevalier plusieurs fois par jour avec, dans la voix, le même accent d'incrédulité.

– Dieu vous le rendra, messire. Il vous regarde et il sourit.

Tandis que le nain restait allongé dans la charrette, installé sur une peau de mouton, Gil menait durement sa bête. Il avait le meilleur des prétextes pour cela : la vie de son « ami » – il l'appelait réellement ainsi – s'épuisait. Ils passèrent la grande rivière, filèrent droit vers le lac Sucré, qu'ils contournèrent par l'ouest, traversant les villages sans s'y arrêter. Des chemins creusés d'ornières, caillouteux au possible, les menèrent jusqu'à l'orée de cette forêt qu'on appelle « Sans Nom », la plus grande du royaume. Les arbres y étaient plus hauts que ceux de Cléri, et les brigands, plus nombreux.

Gil choisit de prendre la chaussée qui coupait en deux la forêt. L'ouvrage, très ancien, avait été démantelé en partie, recouvert de terre par endroits, mais il restait de larges tronçons pavés – on pouvait atteindre de belles allures à cheval ou en chariot. Parcourir vingt lieues par jour était possible, sur cette voie antique.

Houlgoumon crut que son squelette allait partir en morceaux, tellement le chariot sautait. Il se tenait aux planches avec le sentiment que, ce faisant, c'est à l'existence même qu'il s'accrochait. Un jour que Gil avait fait une halte pour aller remplir la gourde, le nain entendit des cris. Il se redressa avec effort afin de voir par-dessus le bord du chariot. Le chevalier était aux prises avec trois gueux armés qui en voulaient à sa bourse. Adossé à un chêne, le poing sur la hanche, il se battait avec sang-froid. Il fit sauter le glaive du premier homme, perça l'épaule du deuxième et, presque dans la foulée, transperça le troisième à hauteur du diaphragme.

« Que voilà de la belle ouvrage ! songea Houlgoumon. Et dire qu'il n'a qu'un œil. »

Gil de Foix acheva le blessé, laissa courir l'homme désarmé (mansuétude ou paresse ?) et frotta sa lame à l'eau claire, aussi tranquillement que s'il astiquait un vase en argent.

– Indemne ? demanda Houlgoumon lorsque le chariot trembla sous le poids du chevalier.

– Recouche-toi. Tout va bien, ami.

La chaussée brillait sous la lune, aussi

pouvait-on continuer d'avancer, bien qu'avec plus de prudence, une fois la nuit tombée. Gil ne s'en privait pas, lui qui dormait si peu, cela depuis l'enfance. Dans la pénombre sylvestre, serrant les guides avec force, c'est le visage de Fulmir qu'il voyait, avec une précision magique. Il était là, se gaussant, le bâton à la main – prêt à frapper comme la foudre. Gil serrait les dents, habité par la haine, le cœur entièrement dévolu à ce but : venger l'honneur perdu.

Ils sortirent de la forêt un matin. Les montagnes barraient l'horizon, leurs sommets enneigés, trapus, firent bondir le cœur d'Houlgoumon. Il ne les avait jamais contemplés, et pourtant il les connaissait, ils existaient en lui depuis toujours. Il ressentit quelque chose, un réveil timide dans toutes les fibres de son corps. La force utile lui serait donnée…

Ils atteignirent les contreforts boisés aux alentours de none.

– C'est ici que nos chemins se séparent, chevalier, dit-il.

La clarté de sa voix surprit Gil.

– Il n'est pas de mots pour exprimer ma reconnaissance. Sans vous, je mourais loin du cimetière de mon peuple. Mon âme eût erré pour des siècles et des siècles... Il n'y a pas de mots !

– Es-tu certain de pouvoir marcher ? Je pourrais te mener un peu plus loin, te rapprocher...

– Non. Il faut nous dire adieu à cet endroit.

Gil aida Houlgoumon à enjamber les bords du chariot. Par terre, le nain vacilla quelque peu avant de trouver l'équilibre. Il inspira longuement, avec gourmandise, puis osa donner l'accolade au chevalier.

– Dieu vous le rendra, messire. Il vous regarde et Il sourit !

Ils se séparèrent sans rien ajouter.

Houlgoumon marchait à pas comptés, ses

pieds nus tâtant le terrain avec circonspection. La stature du mont Creux, la plus haute des montagnes, l'attirait tout en lui inspirant de la mélancolie. Il se retourna. Le chevalier avait dételé son cheval et laissé le chariot au milieu du chemin.

– À la bonne heure, murmura Houlgoumon, pendant que Gil sellait son étalon.

Il le regarda partir. Sa fière silhouette rétrécissait, sombre, illuminée de soleil, sombre à nouveau… Le chevalier prit un tournant et disparut à la vue d'Houlgoumon, qui demeura immobile, l'oreille tendue. Le bruit des sabots sur le sol rocailleux resta longtemps perceptible. Chaque fois que le nain saluait l'avènement du silence, un « clop » lointain contredisait son impression.

« Il ne s'est pas retourné », pensa Houlgoumon quand enfin les claquements cessèrent.

Il réfléchit à l'attitude du chevalier durant les derniers moments. S'était-il montré naturel ?

Y avait-il eu un geste, un regard équivoque ? En vérité, il n'aurait pu le dire. Ce qu'il savait, en revanche, c'est que le trésor de son peuple excitait les appétits. Si Gil de Foix avait toutes les apparences du jeune homme pieux, charitable, la prudence n'en restait pas moins de mise.

22

LA PIERRE CARRÉE

– Attends-moi là, souffla Gil, s'adressant à son cheval.

Il ôta ses bottes et entra dans les bois. Le nain avait beau avancer comme une tortue, il pouvait très bien le perdre. Prodiges et magie du peuple maudit…

Le chevalier avait passé la moitié de sa vie à chasser dans la forêt paternelle. Il savait s'orienter, avancer sans bruit, tous les sens en éveil, et se faufilait entre les troncs serrés, son pied agile évitant les branches mortes. L'instinct lui disait quel taillis contourner pour éviter l'envol d'une grouse ou d'un faisan.

Gil de Foix parvint aux abords du chemin, qu'il longea en retenant son souffle, le corps plié en deux. Il dépassa l'endroit des adieux, se fit encore plus silencieux et invisible, si la chose est possible. Des mouches se collaient à son visage mouillé de sueur, l'air même semblait bourdonner... Il s'accroupit pour s'essuyer et s'accorder une gorgée d'eau. Par un trou entre les feuilles, une cavité minuscule et tremblante, il vit bouger quelque chose. Mouvement imperceptible, de ceux qu'on met aussitôt en doute.

Le chevalier avança l'œil avec précaution – cette fois, il ne respirait plus du tout. Houlgoumon était là, tapi dans les herbes hautes, aux aguets.

« Tu n'avais pas confiance, vil coquin. Tu doutais de ma franchise et tu avais bien raison. Mais je suis trop malin pour un nain, trop fort pour un Houlgoumon ! »

Ils restèrent longtemps ainsi, à quinze pas l'un de l'autre, le nain épiant le sentier et Gil surveillant le nain. La température fraîchissait. L'approche du soir inspira les oiseaux chanteurs, qui se firent concurrence – cela venait de tous les côtés à la fois. Le concert, assourdissant, laissa bientôt place au calme. Houlgoumon se leva, rassuré, sans doute, sur les intentions du chevalier. Il ramassa un bâton et se mit en route : tap… tap… tap.

Il suivit un parcours grimpant fait de pistes serpentines et d'escaliers naturels. De temps à autre, il s'arrêtait, levait le nez vers la montagne et attendait. Il s'agissait de reprendre haleine, mais pas seulement, Gil en était convaincu. Houlgoumon semblait écouter, sonder la nature avec l'acuité d'un aveugle.

L'ascension se poursuivit dans la lumière dorée du crépuscule. Gil gardait ses distances, courait d'un buisson à l'autre, s'abritait derrière les pins – autant de précautions inutiles, car le nain, absorbé par l'ambiance des lieux et par ses pensées secrètes, ne regardait jamais en arrière. Une fois, Gil avait fait rouler un caillou en bas d'une pente. Le petit raffut n'avait pas alerté Houlgoumon.

Tap… tap… tap…

Le nain prit pied sur une terrasse bordée de myrtes, où se dressait un cube de pierre. Rien ne poussait alentour, ni mousse ni herbe – le sol était nu comme de l'os, dont il avait à peu près la couleur.

La chaleur pesait en dépit de l'heure, et Gil eut l'impression qu'un vent tiède et vertical tombait sur lui. La sueur perla dans son dos et dans sa nuque, ses cheveux devinrent lourds à porter.

Houlgoumon avait jeté son bâton et se tenait agenouillé devant la pierre. Il psalmodiait dans l'affreux jargon des nains, cette bouillie de langue que les évêques avaient eu raison d'interdire. Gil éprouva un dégoût physique à

entendre la prière. Il se détourna et s'adossa à un rocher en attendant que cela se passe.

« Racaille, songea-t-il. Maudit peuple. »

Il enleva son bandeau et l'étala au soleil afin de le faire sécher. Houlgoumon jacassait toujours. Gil se massa la paupière. Lorsqu'il tourna la tête, le nain avait disparu. Il se leva d'un bond, courut jusqu'au petit sanctuaire… Les myrtes cachaient le pied de la falaise. Des bruissements, des feuilles agitées… Houlgoumon était entré dans les buissons. Gil hésita à le suivre : comment avancer sans bruit dans cette broussaille ? Il chercha tout de même une entrée, la trouva, se planta devant, toujours indécis.

« Le cimetière… Il y va, bon sang ! La crypte est toute proche, si cela se trouve, dans la falaise, je gage ! Le secret des nains… »

Il décida de suivre Houlgoumon, et à Dieu vat !

Après un court moment, il se figea pour écouter. Silence.

Le coude devant le visage, Gil avança d'un pas rapide, à l'aveugle, et parvint au bout du chemin. Il s'appuya à la roche grenée, désagréable au toucher.

« Où es-tu passé, bougre ? »

Gil longea la montagne d'un côté, puis de l'autre. Il n'y voyait pas grand-chose. Énervé, au bord de l'écœurement, il finit par trouver le bâton d'Houlgoumon sur le sol.

Il tâta la paroi à cet endroit, scruta l'obscurité à s'en abîmer l'œil… rien. Le nain s'était bel et bien évaporé.

– Après tout, quelle importance ? réalisa le chevalier.

Tandis que sa voix résonnait dans le crépuscule, une joie cruelle l'envahit : il allait revoir Fulmir.

23

LE CONVOI

La guerre augmentait les besoins des seigneurs, qui devaient entretenir leur armée et lever sans cesse de nouvelles troupes. Comme les autres ducs, Michel de Palissoles, le duc Jaune, recrutait des mercenaires étrangers qu'il payait à prix d'or. Il pressurait ses sujets, inventait chaque mois un nouvel impôt. La plupart du temps, les protestations étaient molles, tant le fatalisme imprégnait les bonnes gens du royaume de Campanide. Certains villages, cependant, se révoltaient en refusant de payer plus que de coutume. Thiry avait été l'un de ces villages frondeurs, et il avait été rasé, ses habitants décimés. Michel de Palissoles avait voulu faire un exemple.

Lorsque Fulmir et ses protégés arrivèrent sur le site, ils ne trouvèrent qu'un tas de ruines et, pas loin, des tombes par dizaines. Les parents que Pierre allait trouver, dont il espérait de l'aide, reposaient six pieds sous terre.

Si Fulmir n'avait pu prévoir la destruction de Thiry, il avait cependant envisagé la possibilité que les jumeaux ne puissent pas rester en ces lieux. La famille de Pierre n'était pas riche, et peut-être aurait-elle envoyé le garçon au diable. Les liens du sang, en temps de guerre et de pénurie, n'ont plus grande valeur.

Dès lors, la situation ne prenait pas Fulmir au dépourvu. Il pensait au royaume de Welfriche, le paradis «philosophique» chanté par Martin Vidal. L'idée d'y conduire les jumeaux ainsi qu'Esclarmonde et ses enfants paraissait raisonnable. Il leur trouverait un endroit où vivre, leur achèterait un domaine, une demeure, s'assurerait de leur confort avant de reprendre le cours de son destin personnel – le cours de sa mort, pour ainsi dire. Quant à l'or nécessaire à l'acquisition du domaine, il avait son idée sur la question.

Le projet d'aller en Welfriche fut accepté, mais sans enthousiasme, car la vision des tombes avait rendu tout le monde triste. Ils dormirent au bord d'un ruisseau, repartirent vers l'est pour trouver la voie antique et traverser la forêt. En chemin, ils rencontrèrent des marchands drapiers de Barnavière. Ils revenaient de Rudamar, le chef-lieu du duché, où leurs affaires n'avaient pas été bonnes. Qui se souciait de belles étoffes à l'heure présente ? Le royaume de Welfriche était leur prochaine destination, et Fulmir obtint de faire route avec eux afin de bénéficier de leur protection. Une troupe nombreuse et bien armée faisait hésiter les brigands.

Les drapiers marchaient d'un bon pas, portant leur marchandise sur le dos. Le soir, autour du feu, ils n'avaient d'yeux que pour Esclarmonde, dont la beauté les rendait entreprenants, surtout quand ils apprirent son récent veuvage. Ils buvaient à sa santé, lui offraient des cadeaux, chantaient pour elle, lui récitaient (mal) des poèmes. Ils se poussaient du coude pour l'approcher, lui murmurer des choses… Durant les jours qu'ils passèrent ensemble dans la forêt Sans Nom, Esclarmonde reçut une demi-douzaine de demandes en mariage ainsi que des propositions moins honnêtes. Fulmir finit par s'énerver et par rosser un gaillard trop pressant. Les drapiers décidèrent alors, à l'unanimité, qu'ils ne voulaient plus du nain et de ses compagnons avec eux. Ils partirent en avant.

– Bon débarras, commenta Brune.

– J'espère qu'ils ne vendront rien en Welfriche, dit Gauzia, les poings serrés.

Les drapiers leur avaient ordonné d'attendre la mi-journée avant de repartir, et c'est ce qu'ils firent en restant cachés dans les fourrés, toujours à cause des brigands. La sortie des bois n'était pas loin, ils l'atteignirent sans encombre. Les jumeaux et Gauzia s'extasièrent devant la majesté des montagnes tandis qu'Esclarmonde les regarda sans les voir. Elle était souvent ainsi, absente, sans doute parce qu'elle pensait à son époux, à son bonheur perdu.

Le bébé pleurait quand ils parvinrent au pied du mont Creux. Il continua à geindre après la tétée, aussi Fulmir le prit-il dans ses bras pour le bercer.

– Tu as la manière avec lui, dit Esclarmonde. On dirait qu'il te préfère à moi, sa mère.

Aucune amertume dans ces paroles : c'était un simple constat.

– J'ai été cordonnier à Rudamar, il y a bien longtemps. Ma voisine était veuve comme toi, et elle avait cinq enfants, dont un nourrisson. Je me suis beaucoup occupé de cette famille. J'en ai torché, des petites fesses, cornedieu !

– Que sont-ils devenus ? s'enquit Gauzia.

– Morts, tous ! C'était il y a plus de cent ans.

Fulmir leva les yeux vers les contreforts boisés de la montagne. Un sentiment trouble l'habitait. En plus d'une chaleur au creux du ventre, il entendait un léger brouhaha dans sa tête.

– Il y a un sanctuaire pas loin d'ici, un lieu sacré de mon peuple. Je vais aller m'y recueillir, annonça-t-il en rendant Galien à sa mère.

Aussitôt, Gauzia vint glisser sa main dans celle de Fulmir.

– Puis-je venir ? demanda-t-elle.

– Nous aussi, nous venons ! s'exclamèrent Pierre et Brune.

–Vous attendrez ici. Le chien aussi attendra.

–Je t'en prie ! Permets-nous...

– Il suffit, intervint Esclarmonde. Laissez Fulmir à ses affaires de nain... Le pauvre, vous êtes toujours à l'entourer, à lui grimper sur les genoux, à l'étourdir de questions... Pis que les drapiers à mon endroit !

Les jumeaux et Gauzia allèrent s'asseoir dans l'herbe, penauds. Fulmir distribua des châtaignes et des baies, se promettant de rapporter bientôt une nourriture plus consistante, poisson ou gibier. Tandis que la gourde passait de main en

main, tous les yeux étaient tournés vers lui. Il se leva. La main au pommeau de son épée, il prit un air dégagé et s'en fut d'un pas flâneur.

– Au revoir ! lança Gauzia.

– Je ne serai pas long, jura Fulmir sans se retourner.

Il suivit le même parcours grimpant qu'Houlgoumon trois jours plus tôt. Comme Houlgoumon, il s'arrêtait, levait le nez vers la montagne et écoutait les voix qui peuplaient sa tête. C'était confus, indistinct, mais il reconnaissait les intonations, la texture du parler nain.

« Les morts… Ils me parlent. Oui, c'est ainsi, c'est la procédure… Ils m'appellent en ma conscience. »

Fulmir prit pied sur la terrasse bordée de myrtes. Le cube de pierre se dressait dans la lumière déclinante, finement incisé de runes. Il ne l'avait jamais vu, et pourtant il avait toujours été en lui, tapi au fond de son âme de nain.

La pierre des premiers âges, le socle des couronnes perdues… Il jeta sa besace et courut se jeter à genoux, ému au-delà de toute expression. En cet instant, il avait oublié la vraie raison de sa venue, il ne pensait plus au trésor.

– Qamgagödth, fögbran bdah algöth, cargajlbödh ! dit-il. (Au nom de Dieu, je te salue, saint polygone, noble relique !)

Ces mots qu'il prononçait avec une joie farouche résonnaient dans le sanctuaire. Fulmir priait, priait… Les mots anciens sortaient de sa bouche en un flot merveilleux. Il n'était pas seul à parler – des générations de nains morts et vivants s'exprimaient à travers sa voix. Rocher sacré, grand petit peuple, Dieu est en nous, lumière des nains… Louanges ! Louanges !…

Tout à son ivresse religieuse, Fulmir n'avait pas entendu les pas dans son dos. Gil de Foix n'avait pourtant rien fait pour être silencieux.

24

LE COUP MORTEL

Il avait mis un instant à reprendre ses esprits, à réaliser que son ennemi se tenait face à lui. Si Gil de Foix avait voulu en profiter, Fulmir serait mort sans dégainer – mais le chevalier désirait se battre dans les règles.

– Sors ton épée, puisque tu en as une. J'avais une lame pour toi, sinon, prise à mon écuyer. Te souviens-tu de lui ? Il était là le jour où tu m'as crevé l'œil par surprise, lâchement. Cet œil ne reviendra pas, mon honneur, en revanche, je m'apprête à le reprendre… Hé, nain, tu m'écoutes ?

Fulmir cligna des paupières à la façon d'un homme réveillé en sursaut. Il tira sa lame et s'apprêta à défendre sa vie. Les pas, les paroles, le souffle… tout était amplifié dans la proximité de la montagne. Le premier choc des épées produisit un tel vacarme que Fulmir eut peur que Pierre, Brune et les autres n'en soient alertés. Et il y avait le chien, dont l'oreille était fine…

« Non, songea-t-il. Ils sont trop loin. »

Combattant de la vieille école, Fulmir travaillait de taille, c'est-à-dire qu'il frappait surtout du tranchant. Le chevalier, en revanche, cherchait à piquer. Sa lame, légère et courte, assez fine, était de fabrication récente. Il pouvait la manier aisément à une main.

Très vite, Fulmir sentit le danger. Il mesurait les limites de sa technique. L'autre sautait, se déplaçait de gauche à droite, se fendait pour revenir aussitôt en position. Le nain était dépassé dans tous les registres, et d'abord dans l'esprit, car il ne comprenait pas cette escrime. En conséquence, sa défense tenait du miracle. Il parvenait à bloquer les attaques, à éviter les coups les plus déroutants. L'esquive était son fort. Il tournait autour de la pierre sacrée, à reculons, trébuchant parfois mais ne tombant jamais.

Gil variait le rythme en enchaînant les feintes. Sa lame s'obstinait dans la zone basse, répétait les mêmes coups... puis soudain fusait vers le haut, visant l'œil. Fulmir parait, évitait... Sa résistance durait, contre toute attente, et il était de plus en plus ferme sur ses jambes. Il commençait à lire un peu les mouvements adverses, à démêler l'escrime nouvelle, quand une pointe lui perça l'épaule. Il rugit, se projeta en arrière.

À partir de là, son bras gauche pendit comme un membre mort, mettant en péril l'équilibre du corps entier. La perte de sang risquait par ailleurs de l'affaiblir à brève échéance.

La sécheresse envahit sa gorge. L'autre, encouragé, se ruait de plus belle. Silencieux jusque-là, il s'était mis à pousser des cris, à souffler comme un chat.

Fulmir rassembla ses forces. Une belle esquive lui permit de se fendre et de porter un premier coup d'estoc. Il apprenait vite, il avait toujours été bon élève. Gil fit un pas de côté et revint à l'assaut, plus calme. La haine furieuse, dans son œil, laissa place à une détermination froide. Il devint plus appliqué, prit moins de risques.

Touché à la cuisse, puis à l'autre épaule, la « bonne », Fulmir s'adossa au cube de pierre. Les voix intérieures s'étaient tues et leur silence l'affectait obscurément.

Sa lame rabattit celle du chevalier : clang ! Il para une deuxième pointe mortelle : clang ! Ensuite il n'eut plus la force de lever son arme. Gil le dévisagea avec un sourire las, cruel, et lui enfonça l'épée dans le corps.

Fulmir serra ses muscles ventraux et attrapa la lame, la serrant dans sa main de forgeron. Le sang inonda ses doigts. Gil voulut retirer son arme, mais il ne le put. Il tira encore, à deux mains… Fulmir céda, et le fer sortit, souillé sur toute sa longueur. Le triomphe au visage, Gil de Foix ne vit pas la pointe qui prenait le chemin de sa poitrine, où elle entra.

Tout en retenant la lame adverse, le nain avait réussi à soulever une dernière fois son épée et à la planter profondément. Gil de Foix partit en arrière, et Fulmir tomba sur lui. Allongé de tout son long sur le jeune homme, il ne pouvait plus bouger un cil. Ils restèrent ainsi pendant une éternité. Gil ne respirait plus, Fulmir perdait la vie. Qui avait gagné ce soir ? Le vainqueur du duel, ou celui qui le privait d'une mort noble au sein du cimetière de son peuple ?

Il flottait dans un rêve triste. Sentiment d'échec irréparable.

« Je ne voulais personne avec moi ! Seul, je devais être seul… »

Et puis, venues de loin, ou alors de très près, les voix se firent entendre à nouveau. Il s'agissait cette fois de phrases véritables, prononcées en chœur :

– Bödaghd Fölmir ! Nkdgött öj ! (Debout, Fulmir ! Nous t'attendons.)

25

LES TORCHES ÉTERNELLES

Fulmir roula sur le côté, essaya de se relever… impossible ! Il se traîna vers les myrtes et pénétra dans les buissons. Il rampait sur une toise ou deux, puis s'évanouissait. Les voix, alors, hurlaient dans sa tête pour le réveiller. Il reprenait son effort, écrasé de douleur (chaque mouvement le mettait au supplice) et de fatigue, avant de perdre conscience à nouveau.

– Bödaghd Fölmir ! Nkdgött öj !

Il tâta le mur qui lui barrait le chemin, réalisa qu'il était sorti des buissons. Il s'accorda une pause, ignorant les morts qui le pressaient de continuer. Ses tempes battaient, il avait du mal à respirer.

– Nkdgött öj !

Les pensées le fuyaient. Le nez au sol, les yeux baignés de larmes froides, il ne savait plus bien qui il était ni ce qu'il faisait là.

Fulmir se laissa emporter par son corps – son corps savait. Il devint observateur de lui-même. Son regard détaché, envolé telle une âme, suivait sa progression depuis le ciel. Il était un insecte blessé, privé de pattes, une petite chose révoltée, dérisoire…

Fulmir rencontra un bâton qui lui dit : « Prends-moi ! Un frère m'a laissé ici, je suis orphelin. Saisis-moi, et je te donnerai force et courage. » Sa main se referma sur le bâton, et il s'endormit, sombrant dans le néant. Les voix ne l'atteignaient plus. Les morts le crurent mort, mais ils se trompaient. Fulmir ouvrit les yeux en fin de compte, et il s'aida du bâton d'Houlgoumon pour se mettre debout – enfin ! Il marcha l'épaule appuyée à la montagne. Deux pas, une halte, deux pas, une halte encore… Rien ne distinguait l'endroit de la paroi devant lequel il s'arrêta grâce aux voix.

La terre vibra sous ses pieds. Dans un bruit d'orage, un grondement discontinu, la montagne s'ouvrit. La porte était si étroite qu'il fut forcé d'avancer de côté. Elle se referma aussitôt après son passage.

Fulmir se retrouva dans un couloir sombre qui sentait le salpêtre. Du sol jonché d'éboulis montait une fraîcheur humide, bienfaisante. Il ne lui restait plus beaucoup à vivre – quelques instants à peine, selon son sentiment.

La salle où il pénétra était illuminée par les fameuses torches éternelles, dont le rôle, il l'avait appris dès l'enfance, consistait à éloigner les revenants, ces nains désireux de hanter le cimetière où ils n'avaient pu mourir. Les âmes des noyés, des assassinés, des fauchés de toute sorte erraient dans la montagne sans oser entrer ici, effrayées qu'elles étaient par les flammes divines.

Fulmir eut conscience de l'espace immense qui l'entourait. À travers le voile qui brouillait sa vue, il distingua les colonnes sculptées, les rideaux de stalactites, le lac noir sur la droite... Deux rangées de sarcophages sans couvercle couraient droit devant lui, s'enfonçant dans le cœur de la montagne. Il y en avait des centaines, supportés par des colonnes en forme de personnages agenouillés – des sortes d'atlantes.

Il s'approcha, ses pieds glissant sur la pierre nue (il ne pouvait plus les soulever), glacée. Les premiers cercueils étaient vides. Fulmir zigzaguait d'une rangée à l'autre pour sonder les cuves du regard. Plié en deux, les yeux écarquillés, il restait un moment au-dessus de chaque sarcophage afin de rassembler ses forces pour le déplacement suivant. Il songea à s'allonger dans n'importe quelle cuve, mais ce n'était pas autorisé, il le savait. Il commettrait un sacrilège.

Sa place l'attendait plus loin, à côté du dernier mort, qu'il trouva enfin, les bras croisés sur la poitrine, le corps pétrifié par la grâce divine.

– Pas de poussière pour les nains, murmura-t-il. La pierre ! La pierre se fait chair…

Il se pencha sur le défunt et reconnut Houlgoumon, le nain de Retel. Il l'avait bien connu, lui avait enseigné les bases du métier de forgeron. Houlgoumon n'avait pas cent ans, que faisait-il au cimetière ? Trop tôt, c'était bien trop tôt. Une maladie, peut-être, ou une blessure fatale… Pauvre garçon. De la bonne pâte de nain, oui… Oui…

– Nkdgött öj Fölmir !

Il s'agrippa au bord de la sépulture vide jouxtant celle d'Houlgoumon. Il voulut lever la jambe pour y grimper, mais il n'était plus capable d'un tel geste. Alors il se laissa tomber en avant, se tortilla tout en poussant des pieds, et par une torsion du corps, pénible, suffocante, il parvint à se couler à l'intérieur du sarcophage. Ses mains se posèrent où il faut, son corps prit la position d'un gisant canonique, et la transformation commença.

La montagne faisait son œuvre sur Fulmir fils de Kernagon, petit-fils de Grirr. Bien-être salé, raidissement sacré… Pas de poussière pour les nains. La pierre se fait chair…

Les âmes chantaient dans sa tête. Le mot « töpgarr » (gloire) revenait sans cesse. Il songea à fermer les paupières, mais n'en fit rien, inquiet de ne plus pouvoir les ouvrir. Des ombres dansaient sur la voûte, là-haut, tout là-haut. Il crut voir passer une chauve-souris. Quelque chose en lui luttait contre le travail de la montagne. Sa chair résistait à cause de son manque d'abandon. Les morts alentour, toutes les âmes du cimetière, haussèrent le ton. Des générations de nains le suppliaient d'abdiquer.

Certaines voix s'adressèrent à lui dans la langue du présent, pensant peut-être le toucher ainsi davantage :

– Allons, Fulmir, pas de fantaisie ! Quelle folie te prend, mon pauvre ? La mort ne se repousse pas. La montagne te façonne, gloire à elle ! Gloire à toi qui es saisi par elle !… Le sang se fige – pierre ! –, les chairs durcissent – roche !

– Laisse-toi pétrifier, mon fils, dit une âme isolée.

Fulmir reconnut la voix de son père. Il en éprouva de l'émotion – son ultime émotion de vivant – et ferma les yeux, vaincu.

Il était déjà à moitié transformé lorsque l'image des jumeaux surgit dans sa conscience. Étouffée, maintes fois repoussée, elle avait finalement réussi à forcer son passage.

– NON !

26

LES PAINS D'OR

– Non, répéta Fulmir, qui bascula hors du sarcophage.

La joue sur le sol, il fut d'abord incapable de bouger. Même ses doigts refusaient d'obéir. Il se sentait infiniment lourd, comme écrasé sous une dalle.

Les voix s'étaient tues. Il parvint à remuer un membre, puis un autre… Le bâton reposait à portée de sa main, il le saisit.

Fulmir n'avait plus la notion du temps. Chaque geste lui coûtait un effort terrible et semblait demander une journée, une vie entière pour s'accomplir. Il ne souffrait plus physiquement, mais l'engourdissement de son corps le désespérait.

Il patienta, n'ayant d'autre solution que de lutter mentalement, en répétant ses ordres. Ses bras répondirent les premiers et montrèrent un semblant de souplesse – il pouvait les plier. Ses jambes demeuraient raides et insensibles... jusqu'à ce que des picotements annoncent leur réveil. Fulmir attendit dans le silence des âmes. Pourquoi se taisaient-elles ? Elles auraient dû le quereller, hurler dans sa tête...

Il se souleva grâce au bâton, attrapa le bord de la cuve – sa sépulture – et parvint à se hisser. Où trouva-t-il les ressources pour faire cela ?

Arrimé au sarcophage, il était debout et s'en étonna lui-même. Il agita les jambes, se secoua, se tortilla en tous sens. Son sang – on eût dit qu'il charriait du sable – se remettait à vivre.

Son genou droit se débloqua. Plus tard, bien plus tard, il osa s'élancer et clopiner jusqu'au lac. Il resta debout au bord de l'eau, attendant que la raideur reflue encore.

Sa main pesait vingt livres. Il la glissa sous sa tunique pour tâter la blessure fatale. L'endroit était sec, dur et grenu comme de la roche. Fulmir pensa :

« Je ne meurs plus. Je n'en avais pas le droit et la montagne le sait. Elle m'a réparé, grâce lui soit rendue. »

– Je n'ai pas le droit de mourir, prononça-t-il alors.

Sa voix sourde voyagea dans la grotte, portée par l'écho.

– Je suis responsable. Dieu a mis sur mon chemin des êtres... Ils sont vulnérables, vous comprenez ? Sans défense ici-bas. Je suis leur bouclier, leur père et leur guide... Le Seigneur l'a voulu ainsi. Qu'y puis-je ? Dites-le-moi ! Un nain peut-il ignorer son destin, un destin que la montagne approuve ?... Nierez-vous qu'elle a refermé l'entaille qui me tuait ?

Les morts gardaient le silence. Son père et les autres ne voulaient plus communiquer avec lui. Il haussa les épaules et s'agenouilla par étapes, craquant de partout, afin de pouvoir s'abreuver. Il fit un bol de ses mains engourdies et engloutit gorgée sur gorgée, avec une joie rebelle. Le liquide glacé coulait le long de son menton et sur sa poitrine. Fulmir riait intérieurement. Les jumeaux, Gauzia, Esclarmonde et le bébé – ils étaient dans chacune de ses pensées, dans le moindre de ses gestes.

Il se releva et regarda autour de lui. Les torches, plantées dans les murs, éclairaient le décor avec prodigalité. Fulmir admira les colonnes géantes qui soutenaient le plafond grenat, lointain comme un ciel. Par terre, sur les parois et les roches en pointe, des runes étaient incisées. Nul ordre n'avait présidé à ces gravures, en apparence du moins. Leurs auteurs avaient couvert certaines surfaces accidentées ou difficiles d'accès, et négligé des pans de mur plats, idéals.

Une araignée haute sur pattes passa entre ses pieds pour aller à l'eau. Sa nage tournante – on eût dit une toupie – retint l'attention de Fulmir un moment. Il décrocha une torche et suivit l'allée entre les tombes. La flamme, près de son visage, ne dispensait aucune chaleur.

Il chassa la curiosité qu'il éprouvait pour l'identité des morts récents, des gens qu'il avait croisés sans doute, fréquentés pour certains… Il décida également de ne pas chercher à voir ses parents.

Ce qu'il allait faire, personne ne le comprendrait parmi les siens. Lui-même s'étonnait de sa résolution. La vérité est qu'il ne s'appartenait plus.

Loin au cœur de la montagne, dans un air raréfié, Fulmir trouva une niche encadrée de colonnettes et d'un arc à voussures. Un coffre de pierre y était encastré, fermé d'une lourde dalle qu'il eut grand-peine à bouger. Il y parvint cependant. Le coffre contenait un empilement de petits lingots pansus, de ceux que l'on nomme « pains d'or ».

Il en sortit une trentaine, puis replaça la dalle avec soin. Il songea à y poser les fesses afin de reprendre haleine, mais l'action lui parut déplacée, impie, aussi préféra-t-il s'appuyer contre le mur.

La torpeur le gagnait, il s'y abandonna.

Endormi debout, Fulmir se réveilla en sursaut. Sa besace était restée au sanctuaire. Il improvisa une poche en relevant le devant de sa tunique et y déposa les pains d'or. Le retour à petits pas, entrecoupé de haltes nombreuses, lui sembla interminable.

Il remit la torche dans son trou, alla se planter devant le mur qui l'avait laissé entrer. La terre ne trembla pas.

– Ouvre-toi, ô Montagne ! Il me faut ressortir à présent. Ils n'ont que moi, je suis leur protecteur… Toi, tu me comprends, je le sais ! Laisse-moi accomplir mon devoir. Oui, sois bonne et compréhensive… Un jour prochain, je reviendrai en toi, ô Montagne !

Le seul bruit était celui du sang épais dans sa tête. Il se tourna alors vers les morts de son peuple. C'étaient eux, et non la montagne, qui devaient commander la porte. Bien sûr !… Il plaida sa cause avec ardeur, se faisant tour à tour suppliant, enjôleur, rusé. Rien ne bougea.

– Êtes-vous offensés en raison des lingots ? Je les laisse, si c'est là le problème. Ils me seraient bien utiles pour installer mes protégés, leur assurer un avenir. Bien utiles… Mais je vous les abandonne puisque vous semblez… Je comprends, vous avez raison ! Voilà, je m'en sépare, oubliez l'outrage… Je demande votre indulgence… Pardon !

Il aligna respectueusement les pains d'or sur le sol avant de se remettre à implorer pour sortir. Ni les âmes ni la montagne ne se manifestèrent – quoi qu'il fasse ou dise, Fulmir n'obtenait que le silence. Naïf… comme il s'était montré naïf !

27

LES MENACES DE FULMIR

Prisonnier de la montagne, privé de nourriture, Fulmir s'éteindrait à petit feu dans la lumière éternelle des torches. À la fin, il reviendrait à la sagesse et irait se coucher dans sa tombe pour connaître la sainte métamorphose.

« Pris au piège… Elles doivent bien rire, les âmes. Leur silence est un rire à mes dépens. »

Adossé à la paroi, Fulmir se laissa glisser au sol et étendit ses jambes rigides. Il réfléchissait. Capituler n'était pas dans son tempérament, et l'idée de ce que ses protégés penseraient de lui le taraudait.

« Il nous a abandonnés. Fulmir n'était pas un bon nain, son amitié ne signifiait rien. Il nous jouait une méchante comédie… »

Après une courte sieste, il se releva et partit à la recherche d'un pic naturel pour attaquer la roche. Il trouva assez vite une pierre noire, aux grains serrés, dont la forme rappelait celle d'une tête d'herminette. La pierre tenait tellement bien dans la main qu'il se demanda s'il n'avait pas déniché un outil ancien. L'extrémité en biseau lui parut confirmer l'hypothèse.

Il frappa le mur à l'endroit de l'ouverture fugitive, d'abord à coups retenus, puis de plus en plus fort. Les chocs produisaient un bruit sec, privé de résonance.

Fulmir examina la roche de près, le cœur battant. Sa paume sensible d'artisan (caresser le métal pour en évaluer le poli avait fait partie de ses gestes quotidiens) révéla une matière intacte. Son ardeur n'avait eu aucun effet ! Il se déplaça de quelques pas vers la droite et fit une nouvelle tentative, infructueuse à l'instar des précédentes. La montagne ne se laissait pas creuser.

Fulmir se souvint alors de la chauve-souris qu'il avait vue – cru voir ? – lorsqu'il était allongé pour mourir. Peut-être existait-il un passage quelque part ? Il explora le flanc intérieur de la montagne avec une rigueur opiniâtre, entrant dans les cavités étroites, grimpant à la paroi pour atteindre une corniche, une embrasure élevée... Dans l'état de raideur où était son corps, ces escalades tenaient de la folie.

Il revint s'asseoir près des pains d'or. Il en prit un, le soupesa, le frotta contre sa joue velue.

– J'ai compris votre jeu, dit-il, s'adressant aux âmes. Quand la faim aura eu raison de mes forces, que je serai à la mort, vous croyez que je rentrerai dans le rang. Fulmir se traînera jusqu'à son sarcophage et expirera bien sagement, voilà ce que vous pensez. Détrompez-vous !

Écoutez-moi bien, peuple des morts : je mourrai ici, par terre, et non pétrifié. Comme un humain, je crèverai !

Il sentit comme un frémissement au fond de son esprit, mais les âmes s'obstinèrent dans leur mutisme.

– Je mourrai non pétrifié, gronda Fulmir. Et mon âme malcontente errera dans ce cimetière pour des siècles et des siècles. Elle vous hantera, vous m'entendez, et les torches n'y changeront rien. Souvenez-vous de la phrase du *Maradnoulgatt* : « Kdölkdg nö Qafnagnatth Jgöbanamghödh ba nö padganömmk. »

Traduire n'était certes pas nécessaire, mais Fulmir trouva plaisir à le faire d'une voix pleine de défi :

– « Celui qui a vu vivant les flammes éternelles ne les craindra plus étant mort. » Or je les vois, ha ! ha ! ha ! Elles sont là, elles m'éclairent. Mes yeux mobiles les contemplent… Je serai une âme en peine et je vous tourmenterai par mes cris et mes pleurs. Il n'y aura plus de repos pour vous… sauf si vous me laissez sortir.

Les âmes se taisaient toujours. Fulmir était sûr qu'elles se parlaient sur un mode inaccessible au vivant qu'il était encore. Elles devaient partager leur indignation. Peut-être certaines, effrayées par ses intimidations, penchaient-elles pour sa libération…

– Je n'ai pas faim, crâna-t-il. Ni faim ni soif. Et si la montagne m'avait rendu éternel ? dit-il en tapotant sa blessure solidifiée, guérie par la magie du lieu. Je me sens rajeuni, prêt à croquer la vie, ha ! ha ! Fulmir a gagné cinquante ans d'existence, si cela se trouve ! Ha ! ha ! ha !

Son rire sonnait faux. Il avait beau fanfaronner, menacer, la partie était perdue, et il le savait.

28

LE SECOURS DE VILGA

Le temps passé dans le cimetière se comptait en jours, peut-être en semaines. La résistance de Fulmir dépassait l'entendement. Il se traînait jusqu'au lac, s'abreuvait, et revenait à sa place. Il s'était construit un oreiller de pierre afin d'être face à la « porte », à cinq pas du mur, qu'il fixait durant ses heures de veille. Les lingots reposaient en pile à portée de sa main. Il en prenait un de temps à autre pour le caresser, le humer – l'or a une odeur, pour qui a le nez fin.

Il se souvenait de l'histoire d'un prisonnier

qui, dans une oubliette, avait bu son propre sang. Les geôliers ne le nourrissaient plus, aussi s'était-il mangé lui-même. Fulmir doutait de l'utilité d'un tel acte, que sa fierté, de toute façon, lui interdisait.

Son esprit, généralement vacillant, brumeux, était parfois d'une extraordinaire clarté. Avec le temps, il avait appris à ressentir les âmes et à découvrir des variations dans leur présence. Il était persuadé qu'elles avaient des moments de sommeil. Il n'en tira rien, tout d'abord, jusqu'au jour où une idée lui vint – une illumination. Il attendit l'un de ces sommeils pour saisir son outil de pierre et ramper jusqu'à la paroi. Il frappa, frappa… au troisième coup, un éclat de roche jaillit.

Fulmir, enhardi par ce succès, poursuivit aussi longtemps qu'il le put. Son travail avait creusé un trou d'un pouce, sur une surface réduite. Un bruissement silencieux, un bruit dans le cerveau, lui apprit que les âmes se réveillaient. Les coups qu'il asséna ensuite ne donnèrent aucun résultat. La montagne était redevenue inaltérable.

Il se reposa dans l'attente du prochain sommeil des morts. Quand il survint enfin, Fulmir reprit son œuvre et détacha quelques jolis pans de mur. C'est alors que, la gorge sèche, le corps brûlant, il s'affaissa sur lui-même, tel un sac vide. Il n'en pouvait plus. Son dernier fluide vital était consommé.

Il parvint tout de même à atteindre l'appui de pierre et à y déposer la tête. Une larme se figea au bord de son œil, il sombra dans l'inconscience. Nul rêve, le noir complet, l'abysse de l'âme.

Et pourtant il en revint ! Grâce à un appel chuchoté, il refit surface. Quelqu'un prononçait son nom. Les morts dormaient, sauf un. Une, plutôt, car la voix était féminine. Il la reconnut aussitôt, c'était celle des premiers jours, des premières tendresses…

– Réveille-toi ! souffla Vilga.

– Mère…

– Quelle bourrique tu fais, Fulmir ! Plus têtu que ton père… Allons, du nerf! Bouge ta carcasse !

Il redressa le buste, avisa l'étroite bande de lumière : Vilga avait ouvert la montagne. Il eut peur pour elle. Les conséquences… Acte sacrilège…

– Dépêche-toi, de grâce !

D'une main faible, il se mit à ramasser les pains d'or.

– Non ! s'effraya Vilga. Pas le temps pour cela !

– Je ne pars pas… pas sans eux.

Il respirait avec une peine infinie, ses mains tremblaient… Le bruissement dans sa tête l'avertit du danger. Il renonça à une partie des lingots, progressa vers l'ouverture en se tortillant comme un ver.

– Mère…

– Courage, tu peux y arriver. Trouve la force, puise-la dans ton cœur généreux.

– Mère…

– Allons ! Va, mon enfant !

Un brouhaha lointain confirma le réveil des âmes. Fulmir avait pénétré dans l'épaisseur du mur. Un vent tiède, venu du dehors, se colla à son visage. La montagne frissonna.

– VITE !

Il se projeta à l'extérieur, répandant les lingots autour de lui. Clarté aveuglante, sentiment de vivre un rêve.

Une créature se jeta sur lui pour le lécher au visage.

– Le chien… Toi !…

Fulmir se servit de l'animal comme d'un meuble auquel s'appuyer. Il réussit la performance de se redresser et de s'accroupir. Le passage demeurait béant – rectangle noir aux contours parfaits –, une circonstance qui le troubla au point qu'il en oublia de remercier sa mère, de lui dire son amour éperdu. Quand la porte se referma, il était trop tard : les voix avaient commencé de hurler en lui. La tête entre les mains, il se roula par terre sous l'œil intrigué du chien.

– Whou ! Whou !

29

LE RETOUR DE FULMIR

Les cris, les sifflements, le charivari insupportable eurent pour effet de lui interdire tout repos. Il fit à trois pattes (son bras droit tenait sa tunique chargée de lingots) le chemin qui le séparait du sanctuaire. Le vacarme diminua avec la distance, mais il les entendait toujours, oh oui ! Les morts l'injuriaient dans les deux langues, l'ancienne et la nouvelle, ils le vouaient aux gémonies, le traitant d'infâme sacrilège, de voleur… Une voix tonnante déclara que le cimetière lui resterait à jamais fermé :

– Tu mourras comme un humain, Fulmir. Ta chair demeurera chair, et elle pourrira ! Ton âme traîtresse errera sans foyer jusqu'au Jugement dernier.

– Il y a d'autres lieux où je pourrai être pétrifié le jour venu, répliqua-t-il. Ce cimetière n'est pas unique au monde, et vous n'êtes pas les seuls trépassés, morbleu !

– Belzébuth !

– On m'accueillera ailleurs. Le moment venu…

Il espéra entendre ses parents. Le défendre, c'était trop demander, mais ils auraient pu au moins lui dire adieu. Rien ne vint – aucune voix amie n'émergea de l'affreux chahut.

Fulmir retrouva sa besace, qu'il retourna avec empressement. Une pluie de châtaignes et de baies ratatinées en tomba. Il se gava de ces fruits, veillant, en nain d'expérience, à mâcher comme il faut. La nourriture lui rendit quelques couleurs.

Le chien était là, avec son gros museau humide et fumant. Il le caressa en lui prodiguant des gentillesses, une attitude qui parut énerver les morts, dont les cris redoublèrent. Fulmir haussa les épaules.

– Nous te donnerons un nom, je te le promets. « Le chien », ce n'est pas correct, Pierre et Brune ont raison. Les jumeaux…

Son attention se porta alors sur le cadavre borgne. L'odeur, l'aspect du visage et les insectes à l'œuvre sous les vêtements – l'étoffe bougeait ici et là – lui apprirent que la mort remontait à deux semaines au moins.

Comment Gil de Foix était-il arrivé ici pour l'attendre ? Comment avait-il su ? Fulmir y réfléchirait plus tard, sans doute pour ne guère trouver l'explication. On peut très bien vivre sans connaître toutes les réponses. L'existence des créatures de Dieu est tissée de mystères, amen à cela !

L'honneur eût voulu qu'il donne une

sépulture au chevalier, mais il n'avait pas la force de creuser. Il dormit un peu malgré le bruit dans sa tête, s'octroya un second repas de châtaignes, puis entreprit de se mettre debout en s'appuyant au cube sacré. La vision du Fulmir vertical enchanta le chien, qui exécuta sa danse de grande joie.

Le cadavre ne pouvait décemment rester où il était, à se décomposer dans le sanctuaire. Fulmir s'en approcha, le tira par les pieds et le jeta en bas de la terrasse. Gil de Foix roula trois cents pieds plus bas, emmenant avec lui quantité de galets et de gravillons. Une poussière blanche cacha la fin de sa chute. Épuisé et chancelant, Fulmir se détourna. Il lui restait à remplir sa besace de lingots, à ramasser son épée et à tourner le dos au cimetière.

La descente fut pénible. Le poids de son corps l'emportait vers l'avant, et ses muscles ankylosés souffraient de devoir freiner continûment. Il entendait bruisser les feuilles, un merle chanta près de lui. Les voix des morts le quittaient, il n'en percevait plus qu'une vague rumeur. Soulagé, il s'arrêta à l'ombre d'un épicéa. La bandoulière lui sciait l'épaule, une douleur qu'il supportait avec satisfaction, de même qu'il aimait ouïr le bruit des pains d'or s'entrechoquant dans son bagage.

– Le *Maradnoulgatt* est rempli de chiens héroïques. Mon préféré est Nörg, le fidèle des fidèles. Nous t'appellerons Nörg. Qu'en dis-tu, ami ? Ce nom te plaît-il ?

Le chien se gratta l'oreille en souriant.

–Va pour Nörg. Te voilà baptisé.

Ils se remirent en route. Pistes serpentines, escaliers naturels, buissons de myrte... Au pied du mont Creux, dans la noirceur d'un bois de pins, Nörg prit les devants. Il détala comme un lièvre, revint en couinant, repartit en trombe – l'excitation le rendait idiot. Une fois de plus, Fulmir fut frappé par le contraste entre l'aspect du chien, son embonpoint absurde, et sa vélocité.

La forêt s'éclaircit, d'autres essences apparurent : des hêtres, quelques châtaigniers… Nörg s'engouffra dans un fourré, Fulmir le suivit à son rythme, un pas après l'autre, chaque mouvement effectué avec prudence.

– Whou !… Whou ! Whou ! Whou !

Fulmir déboucha dans une clairière parsemée de fleurs jaunes. Gauzia, un panier sur les genoux, les jumeaux, les mains souillées de sang de poisson, Esclarmonde, le bébé au sein, assise sur un banc de fortune : le tableau s'imprimerait pour toujours dans sa mémoire.

Lorsqu'il s'avança, ils se levèrent tous ensemble, mus par la même émotion. Dans leurs yeux se mêlaient la stupeur, la joie et quelque chose d'autre – reproche, indignation contenue ?

Il embrassa le décor d'un regard. Les branches basses d'un jeune pin servaient d'armature à leur cabane, un abri de branchages mal assemblés. Un lapin cuisait à la broche, des truites fraîchement pêchées reposaient sur une pierre plate. Ils avaient fabriqué des nasses, un filet, des pièges, des corbeilles à fruits…

– Je suis désolé, dit-il. Je pensais ne pas être long, et puis…

– Où étais-tu ? l'interrogea Esclarmonde.

– Au sanctuaire, tu le sais. Ensuite…

– Ensuite ? le pressa Gauzia.

La fillette le dévisageait avec une intensité intimidante.

– Ensuite je suis entré dans la montagne. Dans le cimetière des nains, j'y ai pénétré…

– Pourquoi ? s'enquirent les jumeaux, épouvantés.

– Je voulais de l'or. Prendre une petite part du trésor de mon peuple afin que nous puissions nous installer dignement en Welfriche. Acheter un domaine…

– Que s'est-il passé ? souffla Esclarmonde.

– Il s'est passé que j'ai failli ne jamais ressortir vivant de la montagne. Je vous conterai la chose plus tard. Ce qui importe, compagnons… Ce qui compte, Esclarmonde, Brune, Pierre, petite Gauzia, c'est que j'ai réussi. Nous sommes riches à cette heure ! dit-il en soulevant sa besace.

Il la retourna d'un coup, faisant couler les lingots, qui formèrent un monticule sur le sol herbeux. Leur mordoré subtil tranchait avec le jaune éclatant des fleurs. Gauzia battit des mains, Esclarmonde et les jumeaux se mirent à rire pendant que Nörg courait de l'un à l'autre, exubérant, frappé de folie.

30

LE NOUVEAU MONDE

Lorsqu'ils avaient ôté ses vêtements perforés, souillés de sang noir, ils s'étaient rendu compte de son état. Son corps amaigri, aux côtes apparentes, les avait effrayés au plus haut point, et ils n'avaient plus songé qu'à sauver Fulmir.

Il était comme ce roi du *Maradnoulgatt* qui, blessé après une bataille, fut soigné par des créatures sylvestres. Les yeux verts de Gauzia le surveillaient à longueur de temps. Au moindre signe, quand ce n'était pas de sa propre initiative, elle lui apportait à boire et à manger. À l'aide d'un éventail de plumes, elle rafraîchissait son visage creusé. Les jumeaux ne cessaient de courir les bois afin de cueillir pommes sauvages, prunettes, framboises et autres mûres dont ils le gavaient littéralement. Ils chassaient, pêchaient pour lui, chapardaient lait et fromage à des bergers – toujours pour lui.

Esclarmonde lui préparait des tisanes de marjolaine. Dans une étoffe reçue des fâcheux drapiers, elle lui cousit de nouveaux habits, seyants et de belle coupe. Elle savait manier l'aiguille.

Plusieurs jours avant le retour de Fulmir, Pierre et Brune avaient rencontré les drapiers qui revenaient dare-dare de Welfriche. Ils avaient appris d'eux que la peste dévastait le royaume philosophique. Les marchands s'en retournaient en Barnavière, si troublés qu'ils en avaient oublié leur colère passée.

– Dieu punit l'arrogance de ces jurisconsultes

qui prétendent régner à la place d'un roi, dit un drapier en quittant les jumeaux. On ne bouscule pas sans péril la sainte hiérarchie !

Il fallait donc oublier la Welfriche, renoncer au séjour dans le pays célébré par Martin Vidal. Dès que Fulmir retrouva ses forces, du moins une partie suffisante de celles-ci, ils décidèrent de longer la frontière montagneuse vers l'ouest pour trouver un endroit où vivre. Ces confins du royaume, peu peuplés en raison de la rudesse du climat (l'hiver y durait six mois), souffraient peu de la guerre.

Par un jour pâle de septembre, ils arrivèrent à Jouar, hameau perdu au milieu d'un plateau. L'herbe, d'un vert grisâtre, nourrissait les troupeaux de vaches et de moutons. Le forgeron du lieu, mort voilà deux ans, n'avait pas été remplacé. Les habitants accueillirent Fulmir comme le Messie et l'installèrent avec son petit monde dans la maison de l'artisan disparu. Nul loyer à payer, charbon de houille à volonté, salaire décent, rétribué en fromage et en lait, en pain, en œufs, en raves…

Une autre vie commença, paisible, ignorante des convulsions du royaume sans roi. Le travail de Fulmir n'avait rien d'astreignant : des roues de charrette à cercler, des outils à réparer… Des jours entiers se passaient sans qu'il voie un client, ce qui n'empêchait pas les villageois se subvenir à ses besoins et à ceux de sa maisonnée, car ils tenaient à leur nouveau forgeron, plus expert que le précédent. Cela étant, ils ne cherchaient pas à le connaître. Avec un nain utile, la politesse était nécessaire, mais il convenait de garder ses distances. Ceux qui dérogeaient à la règle étaient mal vus. Ainsi Esclarmonde, qui se coupait de la société de Jouar en affichant sa sympathie pour Fulmir.

Avec l'hiver et les longues veillées, ce dernier reprit son enseignement, dont profitèrent aussi Gauzia et Esclarmonde. Un peu de langue et d'alphabet nains, du calcul, de l'astronomie, de l'anatomie, les bases de la rhétorique… les leçons étaient variées et dispensées avec la bienveillance des vrais pédagogues.

Fulmir et Esclarmonde s'entendaient à merveille, leur complicité s'approfondissait de jour en jour. Ils avaient l'un pour l'autre de petites attentions que les enfants ne remarquaient pas. Lorsque ceux-ci dormaient, ils passaient de longues heures silencieuses, côte à côte devant la cheminée, heureux de respirer le même air. Ce n'était pas de l'amour – les histoires de cœur entre humains et nains appartiennent à la légende –, mais de l'amitié du meilleur alliage, de celles qu'on rencontre une fois dans sa vie, si la Providence est d'accord.

Les jumeaux chassaient et pêchaient afin de ne pas dépendre uniquement des villageois. Ils volaient aussi quelques œufs, une poule ou deux par semaine… Là encore, la nécessité n'était pas en cause. Il s'agissait plutôt de faire la nique à leurs hôtes. Fulmir les grondait pour la forme, mais la vérité est que ces larcins lui faisaient secrètement plaisir.

Un jour, près de la rivière, trois garçons barrèrent la route à Pierre et Brune. Ils parlèrent grossièrement du nain forgeron, insinuant des choses sur sa relation avec Esclarmonde. Pierre vit rouge et se jeta sur celui qui paraissait être le chef. L'adversaire avait une tête de plus que lui, des épaules d'équarrisseur... Animé par la rage, aguerri par les leçons de lutte dispensées par Fulmir, Pierre l'emporta aisément. Brune, sur ces entrefaites, avait armé son arc. Les garçons s'en allèrent en silence, le rossé soutenu par les deux autres.

L'été vint après un printemps furtif. Le soir de la Saint-Théodose, un vagabond frappa à la porte. Il fut bien reçu, et paya son repas en informations, selon la coutume des voyageurs. Parmi d'autres nouvelles, il livra celle-ci : la peste en Welfriche avait tué cent personnes et pas une de plus. Elle ne méritait pas le nom d'épidémie. Tout était rentré dans l'ordre au pays des jurisconsultes.

– Toi qui reviens de Welfriche, as-tu rencontré Martin Vidal ? demanda Brune.

– Un homme maigre, roux de cheveux, et qui n'a pas de sourcils, précisa Pierre.

– Non, répondit le vagabond. Mais la Welfriche est grande, diablement peuplée...

Une semaine plus tard, à la faveur de l'aube, Fulmir et les siens quittèrent Jouar sans dire adieu. Ils filèrent droit vers le nord pour trouver un défilé entre des montagnes jumelles. Fulmir portait le bébé Galien dans un sac à ventre tressé par ses soins. Le chien allait devant, débusquant les corbeaux, bâfrant la rosée... Esclarmonde chantait de sa belle voix de gorge, et les jumeaux, qui fermaient la marche, cueillaient des fleurs rares.

Le surlendemain, aux abords du soir, les terres vallonnées de la Welfriche s'étendirent à leurs pieds. La vue se perdait dans les lointains brumeux. Un vent puissant chahutait les nuages, les déchirant comme à plaisir, tandis que d'innombrables oiseaux blancs jouaient à se frôler dans les basses couches du ciel. Leurs cris évoquaient des trompettes.

À l'ouest, le soleil était caché par un rideau de pluie. Le rideau s'ouvrit soudain, et les rayons fusèrent pour embraser le monde. L'or était partout.

Du même auteur à *l'école des loisirs*

Collection MÉDIUM

Bjorn, le Morphir

Bjorn aux Enfers
tome 1 : *Le prince oublié*
tome 2 : *La mort du loup*
tome 3 : *Au cœur du Tanarbrok*
tome 4 : *La reine bleue*

Bjorn aux Armées
tome 1 : *Le jarlal*
tome 2 : *Les mille bannières*
tome 3 : *La reconquête*

Rumeur

Collection MÉDIUM +

Ramulf